在路上吃得輕浮

小黑・著

CONTENTS

CONTENTS

CONTENTS

CONTENTS

CONTENTS

看，兩顆晶亮的眼睛

我雖然已經不記得個中原因，但是並沒有忘記，孩童時期有一天跟在母親的背後穿越人群四處尋找生魚的印象。

溫煦的晨曦從香火鼎盛的觀音亭背後徐徐地升起，照耀在亭子前空曠的地面。販賣蔬果、雞鴨的小販逐漸推著腳車上的籠子進入廣場，緊挨著豬肉販紅（肉）白（皮）相間的檔子排列。各式各樣的攤販都已經找到了自己的位置，開始一日的生計。挽著菜籃的，低頭翻選魚蝦的，聽來似乎是吵架事實上是在為五分錢奮鬥的鼎沸人聲，一陣又一陣傳來，媽媽着急了，走得很快，我緊緊扯住她的衣角，在大人的窩肢和臀部間穿梭。

我們鑽過不少檔子，終於在觀音亭對面的看臺旁邊，一個陰涼的角落發現一個半蹲坐的黑黝瘦削男人。他面前有一個木製的箱子，裡頭盛了三寸高的水，密密麻麻的就養了不少浮躁不安的生魚。母親嘰哩咕嚕和他講了幾句，他點點頭，用網從水中撈了一隻。魚在網中拚命掙扎，畢竟不能從柔軟的網中跳脫。魚販把魚放在磅秤上秤了斤兩，和母親說了價錢。

母親從她緊捏在手上的荷包檢了一張鈔票和幾個銀角交給他，就揮揮手說：「等下回頭來拿。」牽起我的手，馬上離開。我很好奇，轉回去看魚販如何處理那隻肥大的生魚。「不要看！」母親輕輕喝了一聲。我感到奇怪，反問她：「為什麼？」但是我沒有等待她的回答，因為我看見了一個從來沒有見過的畫面。

賣魚的小販左手捏住魚頭，也沒有擊殺或者敲暈手中的魚，右手從魚箱旁舉起一根杵棒，嗖，就把它塞入魚喉，輕輕鬆鬆，直達腹腔。他不慌不忙，又亮起另一件家伙，釘刀。把串魚的杵棒交在左手，他就一面揮動右手中的釘刀打鱗，鱗片紛飛，三句話還未說完，手術已經完畢。

賣魚的抬頭看見我們母子目瞪口呆站在不遠處，即招招手，要我們把魚帶回家。他用一條草繩從魚鰓穿過張大的嘴，打了一個結，交在我手中。兩顆魚眼睛亮晶晶地瞪。流著絲絲血跡的魚身似乎還在擺動呢。魚還是清醒的，雖然我聽不到它的哀號。我不敢提。母親對賣魚的說：「你要嚇死我兒子呀！」

小時候一個美麗的清晨，我正低頭讀書，忽然聽見窗外有人在呼叫，緊張的聲音中略帶難以壓抑的興奮。我好奇地趴在窗口向外望，原來門外的Berry樹下站了幾位婦孺。其中兩位婦人，沙龍捲到豐滿的胸部，可以明顯看見乳溝。嘴角邊的紙煙還隨著話語，一上一下地顫動。

四周疏疏落落站了幾個小孩。面對婦人的則是兩位少女。她們四人各據一角，二人一對，手上各執一根麻繩，繩子的尾端打了一個活結，套在巷口中央一頭活奔亂跳的猴子頸項上。

也許猴子早就明白生命來到絕處，因此在原地上拚命掙扎、嘶叫。淒厲的叫聲搞得其中一個少女非常煩躁，頻頻發問：「好了嗎？」咬紙煙的婦人緩步趨前，再一次檢驗活結，終於滿意地點點頭。

喝！四女齊聲並力一扯，猴子尖利的叫聲戛然而止。當女士們解開繩套時，猴子兩顆烏溜溜的眼珠子還瞪著前方。一根長出來的舌頭和四肢一樣柔軟。好像牽孩子上課一樣，其中一個婦人扯起猴子的手，一邊走一邊問：「十全準備了嗎？」

兒時到屠宰場偷看屠夫殺豬一向是同學們最洋洋自得的刺激經驗。我是無膽匪類，從來沒有見證過一隻兩百多磅的豬是如何在眨眼間魂斷人間。但是在我夾起咖哩麵上面那幾塊豬血吃得津津有味時，我的同學就繪聲繪影地告訴我：「殺豬的人一般都魁梧高大，他的長刀往豬咽喉一割，『殺』，在豬隻狂叫掙扎間，血就如泉水洶湧噴泄，流入屠夫早已備妥的鹽水中。豬在斷氣之前，會拉屎拉尿，一塌糊塗。有時候，豬血有怪味是難免的。」他簡單地說：「我從來不吃豬血的呀。」

8月間，福建的作家們在菲律賓的早餐上告訴我，中國鄉下的屠夫殺豬的學問可比我們高強多了。基本上，他們也和我們一樣，是一劍（長形圓錐）穿心，擺平豬的生命。但是，就在豬的生命還沒有完結之前，它還需要執行最後的任務。屠夫們在戮殺豬隻後，會馬上把錐拔出來，迅速插入一管竹筒。銜接竹筒另一端的塑料管則緊緊箝在水龍頭。

「為什麼？」我傻傻地問。

「豬隻在死前一定會費力掙扎，造成心臟的擴張和收縮動作特別激烈。我們只要打開水龍頭，清水馬上就會給吸入體內，輸送到四肢百脈。」作家謀清稀鬆平常地說。「一頭兩百斤的豬可以變成三百斤呀。」

豬的眼睛一向細小。泡水後，它是張開一倍還是閉起來呢？我忘記問作家謀清。

對自己 好一點

忽然接到畫家葉逢儀的電話，原來他一聲不響來到了夕眺灣，要到對岸的Pangkor Laut Resort度假。我們趕到紅土坎港口東張西望，看見一個穿短褲花彩衣的漢子，真不相信就是他。

「阿兄真性感。」我說。他回答我：「我是上面60，下面28。」說完，從旅行袋中抽出兩本《6028》的畫冊送我們，原來是前陣子紀念他的六十大壽和二十八歲的掌上明珠健一的合集。逢儀的畫，是年齡越大，線條越俐落簡約，畫趣越深遠。我想這和他時常擁有一顆年輕的心有很大的關係。

Pangkor Laut度假島相當昂貴。數年前，島主楊家曾經在島上舉辦歌王帕瓦洛帝演唱會，給前任首相歡慶生日。「想不到你也有這種魅力！」我說。他對我眨眨眼，「有時候，我們也要對自己好一點嘛。」

從我們開始成家，有了孩子以後，每一天所作所為，哪一樣是為了我們自己呢？我們省吃，省穿，不敢抽煙，也當然不敢胡亂花錢。然而，關於孩子的教育費、買衣服添鞋子、打手機買ＣＤ，兒女一開口，馬上慌慌張張，把書桌暗格底下的私房錢都掏出來。有時候兒女看中一雙昂貴的力博鞋子，我們心疼，小小聲問：

「這有什麼美呀？」孩子一轉頭，「不買了。」我們心裡又軟下來，又要哄他：「買啦，買啦。鞋子雖然不是很美，但是很有特色。你穿起來真有型耶。」

逢儀說到精彩處，我不禁眼淚都笑了出來。我們這一代的男人，哪一個不是這樣的小老頭？我小時候祖母常常說她跌倒了，還要捉一把泥沙才肯站起來。她說，傳說中田螺怕孩子曬到太陽，自己脫離殼子來掩護孩子。回過頭來，殼子卻給弄丟了。無家可歸，太陽出來，田螺為孩子脫水而死。

為什麼不對自己好一點呢？仔細想想，我們一天花費多少在自己的身上？五十令吉嗎？哪需要這麼多。生活，其實是可以很輕鬆度過的。但是我們還是誠惶誠恐地過日子。尤其是家裡有小孩在念書的，大家都卯足精神，鬥志高昂。賺多多，花少少。希望孩子將來讀書用錢，不必東湊西拼。

我們這一代，成長在物質匱乏的時代。從小學開始，老師父母無時無刻耳提面命，儉省是美德。讀書的時候，一套校服，補到不能再補才捨得將上衣當抹桌布；褲子呢，抹地吧。白鞋呢，開始買的是雜牌鞋，接著有了馮強，漸漸經濟有了轉機，才買霸打。也都是穿到鞋嘴張開，給足球踢破為止。課本？還是跟左鄰右舍的兄姐們購買的四手貨。如此良好的庭訓，長大以後，果然沒有辜負長輩們的教誨：身上穿的，腳下套的，都是百盛大減價，折扣下三折的貨色。

我的朋友T，中學時候，每天早上三點鐘起身，幫母親割完樹膠，又匆匆忙忙地踏十英里的腳車到學校上課。念完師訓，他又憑著苦鬥的精神，修畢學士課程。夫妻兩人，胼手抵足，一芭一芭，買下數十芭（夕眺灣園地以三英畝為一芭）的良田。孩子一個一個長大，他們又一芭一芭的賣，將孩子培育成為專業人才。T一身永遠是那麼簡樸的三套衣服。去年T從工作崗位下來，還想要申請續聘，回學校教書，因為既有養老金，又可以領取頂薪。但是人算不如天算，中秋節那天，T終於因為病發，撒手人間。

這樣的例子，很多。會賺錢，可是不會花，有什麼用呢？T去世的那一天，很多朋友在他的靈前毫不避忌的訴說他的傻。有一個朋友問S：「那麼你呢？」S有點靦腆地回答：「我？很好呀。」其實，我們大家都知道，油棕園的大小事務，包括噴射殺蟲劑，S

都不捨得假手他人。很不幸的，最近聽說S的身體出了狀況。大家馬上說：「你看，一定是和T一樣，殺蟲劑引發的。他在澳洲當專科醫生的兒子知道嗎？」

我在兒時，每個清晨，母親就拎了一把黑布傘挨家挨戶去收集髒衣服回來洗熨，一毛錢一毛錢的攢聚。我很清楚的記得，有一個下午，馬來青年沙烈將膠片送到收集樹膠水的隔壁家，下腳車不小心，扯破了褲子。母親馬上對他說：「下來下來，把褲子脫了到我廚房坐一會兒，我很快就縫好的。」果然，三兩下，那個下午母親很開心地就賺了三毛錢。

其實，母親更興奮的是，每一年的除夕前幾天，可以到街上的南信金鋪購買一條手鏈、一副手鐲，用棉絮紅紙好好的包裹收藏。我看她很少拿出來炫耀，就笑她笨。她點著我的鼻子說：「這都是將來你讀書的老本！」

但是，老天不從母親的心願。我念中四那年三月，母親因為心愛的黃金借給了至親典當周轉，贖不回來，腦溢血含憤去世了。和所有憂患意識特強的中國人一樣，母親一直很擔心我的大學教育費用，最後竟然賠上自己的生命。中六畢業，我著實也在盤算，眼看升學是無望了，還是找一份差事幹吧。沒想到，老天又反過來眷顧我，讓我僥倖得到一份聯邦獎學金，在馬大完成學業。想一想，母親的命好像是白送了。

母親的早逝，影響我很深刻。再看看四周，許許多多為孩子的前途拚了老命的朋友，不禁要為所有我們華裔父母心痛。孩子誕生下來，呱呱地哭，我們卻很高興地開始不辭勞苦、日以繼夜地在這一片富庶的國土上奔馳，尋找機會多攢集一點錢讓孩子使用，無怨無悔。

常常有家長到我的辦公室，向我懇求給學校開除的孩子最後一個機會，回來上課。我是既生氣又同情他們。這些家長受的教育都不深，但是天下父母心，他們寧可離鄉背井，跳飛機到新加坡、日本、美國或者愛爾蘭，在別人的國家吃盡苦頭地工作，只怕孩子沒有錢花。到最後?母親白了頭髮，孩子的頭髮也黃了，而且失去了控制，一去不回頭。

我的親戚K，經營旅店又從事房地產，腰纏萬貫，卻從來不曾踏出檳榔嶼。最闊氣的是托獨生子的福，和他吵架後，進入醫院休養。最近一次我們去療養院探訪他，他只是搖頭歎息。原來他的兒子在遊艇上豪賭，又輸了二十萬令吉。老頭子責罵他，年輕人說：「你的錢財遲早是我的。這二十萬也不過是先送給我吧了，何必大驚小怪呢？」

累了的時候，我的祖母生前常常說：「一支草一點露，我要去享福了，不管你們了。」但是，作為父母長輩，閉眼不管子孫?那是假的。老人家要自個兒去享福?也是假的。好像我母親，一生最酷愛的不過是一壺提神的黑咖啡。哪一對父母親，不是努力賺錢留給孩子，自己可是一個子兒都不捨得用?不過，世事無常，兒孫自有兒孫福，勉強不來。生命來到了這個階段，對自己好一點，那倒是真的。

做一個愛書的行動主義者

在路上，吃得輕浮

我的好朋友湘語帶挑戰：「好了，二〇〇二年就快過去，一年來你到底買了幾本書？」這個問題幸好沒有讓我丟臉。我心裡偷笑，懶懶地回答他：「三百七十五本，可以嗎？」

他又窮追不捨：「讀了幾本？從實招來。」

我只好顧左右而言他。是的，對尊貴的作家來說，我一向只扮演一個書架前行動主義者，選擇好書買回家。聖誕節的前三天，我到上海書局探寶，果然又發現大平賣的書籍中，有幾套非常優秀的散文叢書如《活水文叢》、《書趣文叢》、《九州方陣》。其中著名的作家包括龐培、陳染、謝國楨、鄧雲鄉、止庵、謝興光等等。我站在書架前面看了一個多小時，翻完三分一本止庵的《如面談》，最後還是把它和其他集子如《堪隱齋文集》、《低語》、《聲聲斷斷》一起帶走。

買書的時候是很熱血沸騰的，覺得它一定能夠豐富我的人生。或者至少陪我度過一個寂寞的假日。事實並不如此。很多時候，許多書買回來，並沒有好好地閱讀。數十年來，書架上的書都是一時衝動據為己有，最後只好「留待退休再仔細欣賞」。去年，我在商務印書館看到傅樂成的《中國通史》，一直愛不釋手。雖然如此，因為明白自己的惡習，終於還是忍痛放下。

有一位龔校長最愛字畫。他說，自己明明不是有很多閒錢，偏偏看見心愛的圖畫或者書法，就會心動，找錢購買。「真是狗改不了吃屎！」他給自己找個很好的藉口。我絕對贊同他高深的見解。因為我離開商務一個多月後，有一天再下吉隆坡，還是不知不覺走進商務，心滿意足地把《中國通史》提回去，丟棄在客廳的懶人椅上。

同樣的後遺症一直在重複。我的床頭最少有兩疊排到胸口的小說、散文、傳記、宗教文選等等，都是特別挑選、認為應該好好地讀一遍的好書。但是它們都比懷才不遇的天才更寂寞。那個帶它們回來的人，每個晚上只翻閱一個小時，就呼嚕呼嚕睡著了。

雖然如此，我的買書的行動至少可以讓我很得意地回答湘兩個尖銳的問題之一。

事實上，除了個人收藏的書籍，我的學校一個月至少訂購二十多種雜誌。在閱讀風氣不盛的校園，必先製造有利的讀書環境。我在周會上不只一次告訴學生們，請你們好好珍惜，多到學校圖書館進修，因為我們的學校圖書館有世界上最好的華文雜誌，比如《講義》、《幼獅文藝》、《讀者文摘》、《解讀》、《科學月刊》。也有最暢銷的英文雜誌如《National Geographic》、《Times》、《Newsweek》、《Reader's Digest》、《Discovery》。當然，也有國內出版的《Sastera》、《Masyarakat》、《Kurier》、《汽車》、《釣魚》、《中學生》、《蕉風》、《熠火》、《清流》、《普門》等等。我從自己的經驗體會到，在一天忙碌的腳步中，只要駐足半小時翻閱雜誌，一定可以讓自己和時代的節奏緊密銜接。雖然如此，一般的閱讀調查，都沒有把報章雜誌列入閱讀的範疇。

佛光山出版的《人間福報》日報的一篇社論，談到不久前臺灣《天下》雜誌所做的「全民閱讀大調查」中，揭露臺灣當前一個很驚人的狀況，原來臺灣人：

一、平均每天的閱讀時間少過一小時；

二、一年用在買書的錢少過新臺幣一千元；

三、百分之七十以上的人不上圖書館。

世界上閱讀水平最高的國家都在西北歐。其次是美國和日本。即使是在開發中的中國大陸，二〇〇〇年的閱讀率是每人四本書，比臺灣多了一倍。傷心的結論：在閱讀衰退的時代，臺灣的文字疏離症候群已經造成臺灣的閱讀水平和南洋諸國相等。（老天！我們竟然有機會和臺灣平起平坐！多開心的事。是我們的所得稅局五百令吉書籍回扣的功德嗎？）

買書回來又肯好好地閱讀買回來的書，這是一流的讀書人。作者嘔心瀝血的著作有人關心，這類讀者最受作家的歡迎。不買書，但是卻到處向人家借書讀的人，雖然不能給作家帶來實惠，不過，因為愛閱讀作家的著作，還是受作家歡迎的。不買書，又不讀書的人，是文字冷感症候群，對文化的進展一點貢獻都沒有，作家如有神威，應該可以一腳把他踢開。至於買書回來，又沒能夠好好地閱讀只期待退休後完成壯舉的這群人，雖然說不出書中個中精粹，畢竟可以偶然搭訕兩句，介乎文字疏離和親密症候群之間，對推展文化也算是有一點幫忙。

我因此提起勇氣回答湘：「每一本都有閱讀，每一本都還沒有讀完，不過，請你放心，明年還是會以行動支持出版好書的人。」

攀鱸的精神

最近回鄉，車子經過蟠龍村，不期然想起，就在這裡，有三個馬來老人家在我的青壯年時期，留下剎那但是印象深刻的痕跡。我雖然每一天都和馬來同事打交道，認識的馬來朋友其實不多。但是，在這少數的人群中，竟然有三個老人家，是在蟠龍村上居住，這真是不可思議。

蟠龍村離我的家鄉約有五公里，是老家和多年前全國焦點小鎮魯乃之間的一個幽靜鄉村。當年我在居林念中學，每天早晨巴士一定要經過這個籠罩在薄霧間的小村莊。記憶中，這裡的水稻種得特別好，一年總有兩季，大路兩旁都是綠油油的稻田。這或許也反映村內的稻農格外勤快吧。

因為喜歡蟠龍村寧靜的畫面，黃昏時分，有時候我會踩腳車到這裡，看稻稈在夕陽裡默默地燃燒。晚風吹拂，灰白的煙淡薄於慵懶地躺在爛泥潭內的水牛背上。蟠龍村前的道路稍有斜度，我從家鄉來，只要捉緊車子的把手，就可以順暢地滑落，逆風而行，真是無比開心。

中三的一個晚上，我的鄰居好友才，忽然相約一起踏腳車到十九公里外的學校上課。我為這個建議興奮了一個夜晚。次日早晨六時左右，開始出發，一個小時後，果然安全抵達學校的山腳下，真的是說不出的躊躇滿志。儘管兩腿因為痲酸，走路一直顫抖，也裝得若無其事一般。下午回家，烈陽下趕路，那味道就不是很好受了。

好不容易，來到蟠龍村的前端，老家就快到啦。抬頭望，啊，老天，坡路雖然不是很陡峭，屁股還是要撐起來，把全部的體重加在雙腳上，出力地踩，車子才一步，一步的爬上去。終於過了斜坡，來到平地。我們兩人都鬆了一口氣。這時候，道旁的小學正好下課，一群孩子興高采烈地跑出校門口，四下奔闖。遠遠地看見有一群學生邊跑邊叫，向我們衝過來，我和才兩個，拚命地擰腳車鈴子。但是，事情發生得太快了。砰的一聲，一個九歲左右的孩子撞上了我的腳車杆，倒在地面。我也一樣倒在另一邊。我從地面站立，把孩子扶起來，他的臉色已是一片青白，離開眼角三公分左右，裂了一個洞，血正汩汩地流淌。我忙掏出手帕，按住傷口。轉眼間，一張手帕已濕了半面。

這時候，在路旁檔口喝茶的農夫，看熱鬧的人已經圍繞過來。孩子的老師趕到我身邊，大聲吆喝：「你，為什麼撞倒我的學生？」我結結巴巴用半生熟的國語回答：「我已經避開了呀！」老師舉起手，作勢要打人，忽然一個老人家伸手捉住他的手臂，對我喝了一聲：「快點回去！不要給孩子的爸爸碰上了！」這時候才已經整理好我的腳車，我們倆跳上了車子，沒命地踩，也不知道過了多久，總算回到自己的安全窩。

一直到今天，我都不知道那個舉手替我擋開糾紛的老人家是誰，而且，他的形象也在歲月的淘洗間逐漸隱淡，但是，這並不能磨滅他留存在我印象中深刻的印象。一九八四年，十八年後，當我知道上司哈山校長是蟠龍村的居民，便很高興的對他提起這件事。過了幾天，他告訴我：「我替你查過了，那老人家應該是Pak Din。當時，他有最多的華人朋友。」我忙央他帶我去拜訪，但是，校長卻黯然地說：「Pak Din已經離開蟠龍村，不知去向。」

其實，在碰上那宗意外之前，我在黃昏時分除了愛騎腳車到蟠龍村眺望繽紛的落日，也常常愛站在蟠龍河邊看農夫垂釣河魚。蟠龍河在多年前，河水飽滿，魚蝦不少。尤其是一陣大雨後，河水泛濫，流越河面，將稻田淹沒是常有的景象。它蜿蜒流過給大路分隔的稻田，從不知的方向來，流向另一個不知的方向。這是當年幼稚的浪漫想法。

三十多年後回去，真的不敢想像，河水淺顯，野草替代稻田，蔓延當年一片綠油油的稻田。當然，那時候常常在河邊垂釣的老人家Pak Long，更不知何處去了。

Pak Long是一個瘦小的老頭子。他一身黝黑，不愛穿上衣，只在腰間繫上一件格子沙籠。不管哪一個黃昏來到蟠龍河邊，他都是默默地握住一把細長的竹釣竿，對著河面凝視。雖然不是姜太公，卻一樣那麼專注。

有一天又來到他的身邊。老人家抬頭望了我一眼，問：「還在讀書嗎？」我點點頭。一陣沉默。老人家說：「讀書要像釣魚一樣專心啊！」我又點點頭。又是一陣沉默。老人家想想，又說：「但是，讀書又不能像釣魚那樣。」他指著身邊的魚簍。我發現他的身邊有一個網編的魚簍，裝的是他的戰利品。其實也不過是幾隻小魚小蝦。「看見嗎？釣魚是在碰運氣。河面這樣闊，有多少隻魚看見你的釣鉤呢？讀書呢，你必須捉住一個目標，不要放棄。」

他的魚簍內的魚都斷了氣。只有幾隻還張開鰓在鼓動。我問：「這是什麼魚？」老人家說：「攀鱸。」他捉了一隻，丟入河裡。「它的生命力最強了。」果然沒有看見浮起來的魚肚。「很多魚就是沒有能耐，離開水，很快就死了。」

我似懂非懂點點頭。「為什麼不把竹竿插在地面呢？」我問。老人家忽然咧開嘴對我笑：「捉住竹竿的感覺很好呀。我不是在釣魚嗎？」

十五年前，當我收到升級的通知書，內心有一陣子的掙扎。原因很簡單，我不想要離開已經習慣了的故鄉。在徬徨的時刻，我又回到了蟠龍村拜訪我的前任校長。早生華髮的校長讀完我的信，從鏡片後面盯住我：「你今年幾歲？」我據實回答。他把信折疊好，交回給我。他問：「你接下來還有將近二十年的日子，就只想待在這樣一個地方嗎？」我遲疑了一會，回答他：「我不捨得離開這個市鎮。」校長忽然大笑：「原來你和其他華人同事一樣，不敢改變新的環境。」

剎那間，二十多年前的攀鱸浮上了我的心頭。我是那魚簍裡的小蝦還是離開河水數個小時不死的攀鱸呢？在那一刻，校長走過來摟住我的肩膀：「去，去！到處都有美麗的國土。趁著年輕，不要只停留在一個地方而已。」

數十年後，我又回到蟠龍村。只可惜當年的老人家都已經不知去處。淺淺的河面，竟然有一個年輕人用一把現代魚竿在拋釣。我看見他收一段線後，就將魚竿掛在一根樹丫上，不禁走過去對他說：「把釣竿捉在手中的感覺是很好的。」他莫名其妙地望著我。我咧開嘴，像Pak Long一樣，對他笑。

老人的情色書寫

臺灣老作家鍾肇政，於二〇〇三年的元旦日開始，在《中國時報》發表三篇情色小說。無意間在網絡上讀到鍾老石破天驚的近作，我們都大吃一驚，不敢置信。

在《聯合文學》小說比賽的某一次會審上，齊邦媛教授曾經嚴厲批評情色書寫漸成一種創作趨勢，應該加以關注。幾年過去，情況變本加厲，我們從有線電視節目中常常會看見臺灣的節目主持人講露骨的黃色笑話，觀眾樂得捧腹大笑之外，還很積極參與。

臺灣文壇上書寫情色和性愛的文字，更時有所見，深刻展示臺灣島民飽暖有餘。臺灣受日本殖民化影響頗深，而日本小說一向不避情色小說書寫。遠的不說，一九九八年渡邊淳一寫的《失樂園》，就賣了滿堂紅。《失樂園》文字極盡挑逗，是情色還是色情，讀者自己分辨吧。去年谷崎潤一郎獎得主高樹信子著作的《透光的樹》，也用了很大的篇幅刻畫性愛的場景。著名的女作家李昂寫了一本《北港香爐人人插》，文字粗糙，意象惡劣，轟動臺灣文壇。她在二〇〇〇年又發表寫了十年（一九九一至一九九九年）的《自傳的小說》書寫性愛的文筆出神入化，進步神速。但是，如果把那些章節刪除，讓色情的歸色情，有關小說還是不是小說，有待商榷。

為什麼鍾肇政會寫這三篇小說？鍾老於一九九六年曾經到德國歌德的故鄉旅行。歌德在七十二歲時，談了最後一次的戀愛，對象是十七歲的女性。鍾肇政旅遊德國那一年，也是七十二歲！歌德是鍾肇政心儀的作家，那一次的旅行，給了鍾老很大的衝擊，也幻想著和十七歲的少女談戀愛或者失戀的甜美和苦澀。他說：「理智上告訴我，這是不可能發生的事。但我的內心卻充滿向往。一個人到了古稀之齡，整個人會充滿老人的感覺，但我在德國的這趟旅程，體力、心力卻都不覺得疲憊。我想，是人老心不老的緣故吧。我是在這種情況下萌生寫情色小說的Idea！」

鍾肇政今年七十八歲，早年以寫實主義手法，書寫臺灣可歌可泣的抗日故事，也抨擊國民黨執政期間的高壓手段。在臺灣的嚴肅文藝界，鍾肇政一向有很崇高的地位。在我的印象中，他和葉石濤、東方白、李喬等作家，都是臺灣的良知（啊！還沒有忘記臺灣的良心陳映真）。但是他在訪談中卻認為不如寫不含反抗色彩的作品。寫作的題材可以上天入地，包羅萬象，可是該寫的東西都寫完了。面對寫作，他有恐慌感。

是因為恐慌而寫情色嗎？或者說，是因為年紀老大了，才讓他坦然地面對老人的情色問題嗎？不管如何，臺灣文壇大老鍾肇政的情色文字，含蓄之處，就像閱讀屠格涅夫那時代的作品，難免令人懷疑，所謂情色，是不是一種誇張的文宣。

老作家寫老人的情色小說，由鍾肇政馬上想起川端康成。川端一向擅長刻劃女性的姿態、語言、動作，以及女性所特別具備的陰翳天性，形成一種很鮮豔的心相風景。但是，他在一九六〇年（當年六十一歲）發表的《睡美人》，雖然也有青春少女，著墨更多的反而是年華已近敗絮的老年人。《睡美人》共分五節，刻劃江口老人在某一個旅舍所度過的一個晚上。當老人入住旅社，旅社的女老板就會安排吃了安眠藥的少女，陪老人度過一個「秀色可餐，無能為力」的晚上。

人生已近尾端，面對的卻是風華正茂的少女，江口老人的心境是複雜的。川端並沒有以任何露骨的文字刻劃老人的情欲，或者因為情欲而引發的動作。他的筆觸一貫很淡，但是文字中浮動的情欲卻貫穿整篇小說。

和川端相比，拿慣沉重大筆寫抗日文章的大老，寫所謂的情色小說，簡直像穿了西裝大衣游泳。已經接近八十歲的鍾老說：「未來能寫多少，我暫且不去想，能寫多少就下，打掃一天內落下的海杏樹葉，是我十五歲以前的深刻記憶。那時候我們一般都叫它大葉樹，因為它的葉子橢圓形，比成人的巴掌還要大。有些人說，這不叫大葉樹，應該是九層塔，因為它每隔七、八尺就向橫張開枝椏，一層一層向上挺拔，樹高可達九層。但是，樹還未長大到九層，就被腰斬了。我的印象中好像從來沒有見過九層的大葉樹。現在更難見到了。除非我去修車廠，也許還可以見到大葉樹靜靜地陪伴著滿地的廢鐵。一棵被遺忘的，樹幹堆破銅爛鐵，以及漸漸走到人生邊沿的老技師，如果沒有年輕的學徒在撐著，華人修車廠也會像廠外的黃昏一樣黯淡。

海杏樹的葉子大片、沉重。用竹扒三兩下扒一扒，就能夠將庭院打掃乾淨。但是，我家門口偏又種了一棵「遮裡」樹，每片葉子約有三公分，風一吹過，滿地都是掃不完的黃葉，只好用椰梗製成掃把對付它。好幾年前《新海峽時報》有一位庭園專家說，其實「遮裡」樹並不是Cherry，應該是Berry的謬稱，讀來不禁有點惆悵，因為不管Cherry也好，Berry也好，如今「遮裡」樹已經難得一見了。這正名的功夫似乎來得遲了一些。年輕的孩子們忙著學業和事業，誰還識得「遮裡」呢、當一個人逐漸長大，他童年的樹也會漸漸的消失嗎？

告別了海杏樹和遮裡樹，如今五十歲以上的中年當時正值念大學或者初入社會工作的年齡。那時候，什麼是潮流的樹呢？絕對不是大雨樹。大雨樹在更早更早以前，就從太平湖畔揚名全國，到處都有它的芳蹤，而且歷久彌新，如今大道的休息站都栽有改良的品種。

那麼，也許是青龍木吧。我還記得，在雙溪大年念先修班的一個午後，老師正在教授艱澀的物理，窗外卻有一陣陣細小的黃花持續地由青龍木身上無聲無息地飄落，將大地鋪上一層豔黃的花毯。正在入神，老師突然慈愛地說：「黃花落了明年還會再開，升學的機會卻要把握現在喔。」

青龍木越修越高，吉隆坡蘇丹依斯邁路旁那兩行照顧得最好，庇蔭了不少好奇的旅客和疲憊的行人。每年三月間，青龍木花開花落，只有極短的日子，轉眼間小樹就茁壯成為巨木。

有一天，父親的小羅里路過居林，在飯桌吃飯時忽然說：「今天看見一棵樹，沒有一片葉子，卻掛滿一串串的黃花，真好看。」父親一向沉默寡言，所說的事也很扼要。那時候母親已經過世好多年，父親說的話更少。沒有想到他會為一棵樹傾倒。我依他的形容，知道是Golden Shower。這是一種很多人喜歡的樹，因為它的花就如父親當年所說的，非常搶眼，而且花季頗長，在微風中擺盪也不容易凋落。夕眺灣目前有兩棵，都栽在大路旁，不過，這樹的枝椏雜亂，樹型如婦人凌亂的長髮。還好，耀眼的花朵亮麗了它的容顏。

那時候，更引人注目的大樹還有森林的火焰，也有人稱這樹為鳳凰木（浴火之後嗎？）。當它的花朵盛開，滿樹紅豔壓倒碧綠的細葉，是四、五月間難得一見的美麗景色。因為它那形象化的名字《森林之火》，因為它花開時爆發的張力，我在寫《白水黑山》時，刻意帶入最後的章節，是一個老戰士的緬懷與憧憬。鳳凰木樹型優雅、花朵亮麗奪目，因此數十年來都是很多地方政府鍾愛的樹種。但是這種樹需要排水良好的土壤，並不如想像中容易栽種。

近十年，霹靂州大路旁流行起來的大樹，除了樹型若傘、葉子像菩提的「傘樹」之外，便是葉片呈瘦長橢圓形的Mahogany。傘樹會流行，可能因為它的造型美，遠看如挺拔的巨傘。但是它滿身是刺，實在不適合種在園林供小孩嬉戲玩樂。它的花朵細小，結果如桑椹，一點也不吸引人。Mahogany樹高大墨綠，並無豔麗的花朵，絕對是靠它的樹蔭贏得地方政府的青睞。

有一種樹，孩童來到公園戲耍，它已經很優雅地矗立在某一個角落，默默注視我們。它就是Tembusu。此樹成長頗慢，高可五十尺以上，樹身高大堅實，樹皮呈皺裂花紋，有古拙美。葉片和花朵都細小，但是開花的時候，花香濃馥襲人，常常讓我想起郁達夫那篇《遲桂花》描述的情節。我們的校園目前有四棵Tembusu。前幾年在擴建校舍時，不得已放倒一棵，馬上有幾位識貨的市民，提了電鋸來拜訪，其中有一人還是屠夫。原來此樹最適合做砍豬腿用的砧板。

三年前坐的士經過古晉的交通圈，看見一棵巨樹開滿了淡紫色花朵，在夕陽下綻放懾人的氣勢。我指著那花樹，一時間透不過氣來。的士司機竟然明白我的意思，淡淡地說：「早幾年如果你來，比現在還要美麗呢！」回到半島張大眼睛觀察，發現原來這美麗的Tecoma近年來已逐漸成為流行的大樹，由大山腳一路南下新山，都可以看見它那整齊、堅挺的身影。我去年到南方學院拜訪作家高秀，車子一進校園，赫然就見一排Tecoma矗立在學院的樓梯兩旁，真是無比親切。

逐漸走紅的花樹還有一種，就是紅花刺桐，Dedap Merah。刺桐花有很多品種，Dedap Merah常年都有花期。刺桐是泉州市花，照片看起來，似乎不屬這一類。這種樹很容易栽種，而且幾個月內就能夠綻放一長串鮮紅的花朵，襯著油綠的樹葉，令人感受神清氣爽。也難怪有些醫院以這種花樹來陪襯檳榔，因為它給人挺拔的精神。一位馬來朋友告訴我，馬來語Dedap Merah形容比較開放的女人。那可比中文的楊花難應付了。因為紅花刺桐身上還帶刺呢。不過，相傳臺灣平埔族人在女兒出生的那一天，一定會栽種一棵刺桐花。它一年開一次花，花開十六輪，女兒就可以出嫁了。

相對於紅花刺桐，Jacaranda樹的命運就差得遠了。如果說紅花刺桐是熱情，開放的女人，那麼Jacaranda就是那文靜、內斂的淑女了。它那從來不會綠到發亮的細碎葉子，在微風中的擺動總是那麼輕柔。它的枝椏雖然長出來了，但是絕對不像刺桐那樣大刺刺向橫擴展。它只是稍微向外舒展半個胳膊，就筆直向上延伸。一年裡，它有8個月靜靜地成長，到了年底，它的葉子一片片凋萎了，整棵樹就像沒有了生機。但是，就在你感覺哀傷時，紫色的花朵就在樹梢間浮現了，剎那間，開滿了所有的枝幹。樹下仰望微風吹拂，所有紫色花朵輕輕飄落。生命原來是如此不經意的嗎？去年，西眺彎一間教會小學的校園裡有一棵Jacaranda爆開了一樹的紫花，不知究竟滿足了多少人的眼福？

大樹好比有厚實肩膀的真漢子。如果大樹還開花，那還得了。簡直是琴棋書畫，十八般武藝兼修，既偉岸又柔綿。其實，每一棵樹都有它美麗的特性。在行色匆匆間，我們究竟對他們留意多少呢？如果要種一棵樹，你的選擇會是那一棵？

我只不過是看上去好像死了

書上說，漢斯・克利蒂斯安・安徒生（Hans Christian Andersen）一生都活在恐懼中。他很害怕火災，所以常常帶一條繩子出門，以防萬一旅店燒起來，可以靠繩子從窗口逃生。而他最大的隱憂是還沒有斷氣之前，就被人埋掉了。喜歡旅行的他，因此在睡覺前一定在床邊放一張卡片：「我沒死，我只不過是看上去好像死了。」

我想這些都是安徒生的幽默。是的，安徒生是不會死的。一直到今天，凡讀過安徒生的，即使是上了八十歲，也沒有人會忘記他。對於許多讀者，安徒生雖然在一八七五年去世，他的作品其實一直都活在讀者心中。

漢斯・克利蒂斯安・安徒生於一八〇五年四月二日在丹麥第二大城市奧登賽的貧民區誕生，父親是一個木匠，母親則是洗衣女工。今年正好是他兩百歲的誕辰。安徒生在十二歲時，父親去世，母親接著又改嫁、酗酒、發瘋。他在十四歲就離開奧登賽，到歌本哈根皇家歌劇院參與演出，因為他在幼年時期就有一副很好的歌喉。但是這一條道路他走得並不順暢，最後也不成功。

安徒生在二十九歲開始創作劇本，三十歲那年出版第一本童話集《講給孩子們聽的故事》，共六十二頁，收錄四篇童話：〈小意達的花〉、〈打火匣〉、〈豌豆公主〉及〈小克勞斯和大克勞斯〉。除了〈小意達的花〉，其他三篇童話都是根據當時丹麥流傳的民間故事改編。〈小意達的花〉，是安徒生創作的第一篇童話。據安徒生透露，有一天，他在詩人蒂勒（J. M. Thiele）家裡說一些關於花朵的故事給蒂勒的女兒聽，後來他創作〈小意達的花〉就引用蒂勒女兒的話。

安徒生的文筆優美生動，而且故事那麼貼近人間，描寫的生活背景許多都屬於那個時代，因此很容易讓讀者有代入感。丹麥是一個小國，丹麥文也是一種小眾語文，但是這並沒有阻礙他的童話發展。安徒生在三十三歲時獲得丹麥國王賜給終生津貼，他的童話也陸續被翻譯成歐洲各主要語文，風靡整個大陸。可見得好的文學作品，始終是會有人賞識、推廣的。

即使遠在東方，我們這個年紀，凡進過學堂的，有誰沒有讀過安徒生呢？實在不敢相信，閱讀〈醜小鴨〉、〈賣火柴的小女孩〉、〈美人魚〉及〈皇帝的新衣〉的歲月，已經離開我們那麼遙遠。還記得第一次讀到〈賣火柴的小女孩〉，模模糊糊、似懂非懂。感覺好像是很傷心，卻又不知道為什麼。小女孩是真的凍死了嗎？為什麼她要擦亮所有的火柴？只為了能夠看見帶她上天堂的祖母？安徒生的童話，就是有這麼樣的詩意和深邃的意義而教人著迷。

後來讀了一些安徒生的文章，原來這一個感人的故事，是安徒生在國外旅途中寫下來的。當時有個出版商寄了三幅圖畫給安徒生，要求他選擇其中一張寫一篇童話配合。安徒生就選了一張手中拿著一束火柴的窮女孩的圖畫。就這樣子，安徒生發揮他的想像力和同情心，寫下這麼一篇膾炙人口的童話。安徒生在他的筆記中說，那個小女孩讓他想起幼年時曾經是一位討飯小女孩的母親。她常常在沒辦法討到一點東西時，就坐在橋底下。餓得慌了，即沾河裡的水滴在舌尖。最後在饑餓中睡了過去，渡過一個中午。安徒生狠心讓小女孩在冬夜的甜蜜夢境中凍死街角，肯定是對當時冷漠的社會提出強烈的抨擊。

安徒生的許多童話，其實更適合成人閱讀。研究安徒生的教授們常常說，安徒生的童話是寫給六歲和六十歲的人看的，的確如此。好比他的〈皇帝的新衣〉，揭發統治階層的愚蠢和無知，以及刻劃附和者奉承巴結的醜態，放諸今天，也一樣是一針見血。

安徒生不少篇章嘲諷高官大臣的愚蠢、虛榮與可笑，令人感到痛快。但是他那些善良的小人物卻時有不幸的結局，使讀者神傷。他的美人魚為了追求王子的愛情，不惜以美妙的歌喉與巫婆交換魔法，使美麗的尾巴經過一場劇痛變成人類的一雙瘦巴巴的小腿，深深地感動了全世界的讀者。丹麥人還在歌本哈根海邊矗立美人魚的塑像，讓大海時刻傾聽她懷鄉的心聲。

當美人魚對王子的愛情絕望時，有一個聲音對她說：「可憐的小人魚，三百年以後，當我們做完了一切善行，我們就可以獲得一個不滅的靈魂，分享人類一切永恆的幸福了。」〈美人魚〉發表於一八三七年，時光已經過去一百六十八年。王子永遠如此遙不可及，一百三十二年後，癡心的美人魚還會期望變成擁有兩隻醜陋的腳的人類嗎？人類還存在永恆的幸福嗎？

不是無情

和朋友在餐廳吃飯，忽然來了一位婦人兜售布娃娃及其他一些玩具。她也不開口，身上掛張卡片，原來是聾啞協會的會員。售賣所得的盈利，歸給協會。支持嗎？朋友揮揮手，打發了她。這種場面是許多朋友常常碰上的。看著婦人背起大布袋蹣跚離開，大家心裡為剛才的決定感覺有點難受。是否太無情了呢？但是，有什麼辦法？朋友無奈地說。大街上有太多傳奇騙術，人心即使是熱的，也會寒了一下。

遇到這樣的場面，總是想起三十多年前讀蕭紅傳記，她臨終前叮囑床前探病的人：「如果遇上窮人家向你討個銅板，記住不要只掏袋子裡最小的那一個。」蕭紅心地善良，在短暫的人生中經歷很多苦遭遇，所以對窮人有很濃厚的同情心。她被一個又一個男人欺騙，自己也過得不如意，竟然在去世之前，還惦記著不幸的人，真是一位充滿慈悲心的女作家。

但是，時代真的已經不同了。蕭紅那個時代，因為戰亂和饑荒，街上時常充斥著四面八方湧來的難民。他們是社會上無辜的受害者。因為軍閥鬥爭，無情的烽火連天，流離失所的窮人不得不淪為乞丐。經濟能力許可，當然要救濟不幸的流浪人。就像大海嘯突然發難，造成巨大的災害，家破人亡，無災無難的人，雖然遠在天邊，出錢出力，義不容辭。許多人不買婦人的紀念品，並不是無情，而是因為那一張卡片的說明。因為它，反而叫人三思，害怕上當。幾令吉是小事，最不甘心是受騙的感覺。

時常上網瀏覽的網友，最常讀到千奇百怪的人間騙局。疑幻疑真，真考讀者的智慧與膽識。最近聽見的故事是，一位女生正在購物中心進行櫥窗狩獵，忽然聽到一陣哀傷的哭聲。女生追蹤聲音的來源，終於找到一位與家人脫隊的小女孩。問清楚小女孩的住所，女生發揮慈善心，牽了小女孩回家。抵達公寓，大門深鎖，女生為了叫門，即上前按一按門鈴。突然門鈴傳來一股電流，女生被電殛倒了。當女生迷糊醒來，她人已經被縛綁。當然這只是一則現代傳奇，姑且當作茶餘酒後清談吧。但是，這樣的故事傳誦日多，群眾的同情心難免相對減少。社會越來越寡情，已經是必然的趨勢。這是上網族的善意，想要警戒同情心，還是面對孤獨的螢幕太久，上網族群幻想的傑作呢？

十年前，好朋友D到廈門大學進修一個短期的課程。閒暇時分她就很好奇地到處溜噠，參觀難得一見的故鄉。故鄉的山水，故鄉的人，故鄉的鄉音，一切都是那麼美好、新鮮。有一個中午，她上完課，就套上一件夾克，疾步離開芙蓉湖，穿過廈大一條街，向市中心走去。當年的廈門可沒有今天那麼整潔，不過人口是比較少一點。就在她疾步行走間，前面一位中年人的身上忽然掉落一個整齊的包裹。奇的是，那人也沒有發覺，徑自繼續向前走。這時候，D急了起來，忙大聲叫：「喂，喂！」前面的人竟然沒有理會她，繼續前行。這時候，後面走來一位漢子，對D輕聲說：「噓，不要叫他了，我們兩人將它分了吧。」這是什麼話？D瞪了那人一眼，罵他：「你一點同情心也沒有！」跑上去扳住那失主的肩膀，大聲說：「你的東西掉了！」失主這才低頭將包裹拾起來。走了一段路，D突然靈光一閃，回頭一看，那兩人果然已經肩並肩走在一塊了。如果當時D不是因為同情那失主，反而與那漢子分贓，肯定要被狠狠敲一頓。她不禁流了一身冷汗。

不管怎麼說，善良的人總是比惡毒的來得多。你看《絕代雙嬌》的小魚兒，他從小在惡人谷成長，接受的教育是惡名天下昭彰的十大惡人傳授，最後還不是一名有正義感的青年？人間世，固然有很多利用人類的同情心中飽私囊的惡人沒有承受懲罰，有同情心的人畢竟是有福報的。大家都需要有這樣的信心，人間才會變得美好。

唐吉訶德四百歲

趙紫陽去世，香港作家張華將他比喻為唐吉訶德式的悲劇英雄。趙紫陽在一九八七至一九八九年的民運期間，敢於獨排眾議，堅持在「法制的軌道」上解決問題、反對動武，被作者解讀為唐吉訶德式的向「巨人」抗衡的勇敢作風。中共的政治運動一向複雜慘烈，並非數千里外的人所能洞悉，暫且按下不說。反而是唐吉訶德在慶祝四百周歲的當兒被提起來，真顯現了這個老人家是多麼受人愛戴。

作家創作小說，小說中的人物往往比作家幸福，即使在書中已經去世，還是永遠不會老化。唐吉訶德就是其中一個例子。自從一六〇五年一月十六日突然在西班牙中部多風的Castile La Mancha平原冒出來，時光荏苒，匆匆已經四百年，他那滿腔正義卻又很滑稽的形象還是那麼深刻地烙印在讀者的心中：騎瘦馬、提長槍、戴破頭盔，一心向往後來令他大失所望的騎士游俠精神。他雖然常常面對挑戰，還是絕不退縮，勇往向前——即使結局常令人啼笑皆非。

唐吉訶德的可愛是不顧苛刻的現實環境，一定要為夢想奮鬥到底。我們常常替他難受，因為他是那麼單純，但是他自己反而不將成敗放在心上。他最經典的一場戰役就是看見三十四個大風車，即認為是為非作歹的巨人，對他們吆喝著：「不要逃跑，你們這些膽小的惡棍！」雖然他的僕從桑喬在一旁叫嚷提醒他，那些都是風車不是巨人，「他還是戴好護胸、握緊長茅，飛馬上前，衝向前面的第一個風車。長茅雖然刺中了風車翼，卻因此折斷成幾截，他與馬也重重地摔倒在田野上。當桑喬騎驢飛奔來救護他，唐吉訶德已動彈不得。」

西班牙人一向以唐吉訶德為榮。他們甚至認為，世界上除了《聖經》和《可蘭經》，印刷流傳最廣的就非唐吉訶德莫屬了。這是唐吉訶德的作者塞萬提斯做夢也沒有想過的吧，雖然《唐吉訶德》於一六〇五年發表當初就造成轟動，在同年內印刷六版。

塞萬提斯（Miguel de Cervantes Saavedra）生於一五四七年，父親是外科醫生。年輕時候參加步兵團，到意大利、希臘、阿爾及爾打戰。他一生坎坷，曾經因為戰爭、遇上海盜、遭受誣告而數次被俘虜，成為階下囚。雖然如此，塞萬提斯卻能夠創作如此喜劇效應的人物，的確偉大。據說，他的唐吉訶德的章節都是在囚室中書寫，更叫我們這些擁有舒服環境卻寫不出好東西的人汗顏。為了突顯塞萬提斯的艱苦寫作狀況，西班牙政府已經將那一座囚禁過塞萬提斯的牢房Cueva de Medrano整理示眾，真是教人消受不了。

今年適逢唐吉訶德的四百歲冥誕，西班牙已經撥款三千萬歐元，舉辦各式各類的慶典，給唐吉訶德老人家祝壽。一個小說人物能夠獲得如此殊榮，的確是絕無僅有。但願蒞訪的遊客會因此而感染唐吉訶德的正義和樂觀，讓世界變得更加平和。

唐吉訶德的作者塞萬提斯在一六一六年四月二十三日去世。無獨有偶，同一年同一天也正好是歐洲另一個大文豪莎士比亞（William Shakespeare）的忌辰。為了紀念這兩位影響深遠的偉大作家，一九九五年聯合國給足了面子，宣布四月二十三日為「世界書香日」。原來，在中世紀的西班牙，卡答魯尼亞人於四月二十三日當天，男士會贈送玫瑰給女士，而女士則會回贈書本給男生，以紀念這一天「騎士屠殺惡龍，龍血孳生玫瑰」的傳說。最近，我們的社會難得出現政治人物積極鼓吹終生學習，多讀好書提升自己，應付未來的挑戰。我倒是好想對所有從政的熱心人士推薦《唐吉訶德》。政治領導對人生中的真善美有傻呼呼的執著，對邪惡的風車有氣呼呼的挑戰勇氣，他的Rakyat（人民）有福氣了。

人間第一魚

沒有想到，終於看見了恩巴勞。而且是在它的故鄉千里之外。

三年前在雲頂半山行政學院上課，吃厭早午晚餐大同小異的菜色，來自砂拉越拉讓江上遊的伊班朋友邦農說：「啊，如果你來Kapit，我們就可以去試一試運氣。也許，會碰上一條恩巴勞Emparau[1]呀。」

根據邦農的說法，在砂拉越的魚類排行榜，恩巴勞永遠高高在上，沒有任何魚可以與它爭鋒了。這些魚？他指了指盤中狼藉的甘夢魚屍，「連片魚鱗都比不上呢。」看見

1 Emparau，英語稱Mahsheer。在喜馬拉雅山麓最活躍。

我睜大的眼睛，他歎了一口氣：「你可知道？我們也好難吃到恩巴勞。」為什麼？邦農感慨地說：「都送到新加坡去了。一公斤四百令吉呀！」

是的，東馬的魚產豐富，因此出口魚類的設備非常先進。我告訴邦農，曾經帶過七星斑回去檳城。可惜比不上在原地大塊朵頤。邦農說，七星斑只排第四，哪裡比得上恩巴勞？何況是僵硬的凍魚。出口外地的恩巴勞，魚商會給它打一針，讓它乖乖睡覺，避免暈飛機。等到抵達目的地，藥力消失，那魚醒過來，就生龍活虎了。言之鑿鑿，大家只好默默地聽。

恩巴勞究竟是何方神聖？邦農說得那麼神。事情忙起來，竟然也將這人間第一魚給忘了。最近好朋友姚董常常因為業務穿梭於東西馬兩地，看盡秀麗的山川，也吃完所有的美味珍饈。有一天，他突然從Kapit提了一條恩巴勞回到半島，總算讓我們有機會一睹此魚的風采，雖然它雙眼圓睜，在廚房的粘板上已經身首異處。

姚董帶回來的恩巴勞，約二公斤左右，外形頗似兒時在潮州大戲戲棚下賣魚粥的檔口所見倒懸的草魚。不過，也許此魚生長在青山綠水間，比三個拇指頭還要大的鱗片顯得非常光鮮，使它更具金龍魚的威武莊嚴。我嘗試拔一片魚鱗留念，發覺整片魚皮竟然可以和肉身分開，就像剝鯊魚皮那樣。

Emparau其實是我根據口音瞎拼的字眼。我後來請教高明，獲得水產專家邱英華先生的指點，原來Emparau是東馬的俗稱，在半島這邊，馬來語就叫Kelah或者Belian，是一種價格昂貴的淡水魚。此話不假。無獨有偶，我兄弟漢平最近也在詩巫嚐過恩巴勞。那條魚特大，有十七公斤，他們只切了二點六公斤就付出一千七百令吉，相等於一公斤六百五十三令吉。我學校門口的校地最近被徵用擴建道路，每方尺只不過賠償六點五令吉，土地不如活魚，真是奇聞。

最讓我感到好奇的是，這種魚活躍的地方竟然是喜馬拉雅山麓以及東南亞叢林的溪流。萬能的造物者，為什麼在氣候、土壤、生態差距極大的地帶創造了同樣的魚種呢？或許，我應該從魚本身來解讀：為什麼這樣一種魚，能夠生存在迥然不同的環境？

垂釣這種科學讀本上稱為Tor，英語俗稱Mahseer的魚，在喜馬拉雅山腳下，不管是印度或者尼泊爾，原來早已經是當地的旅遊賣點，其中尤以印度北部金哥柏國家公園（Jim Corbett National Park）的溪流為最著名的激鬥恩巴勞的好場所。恩巴勞共有十七種，金哥柏公園盛產黃金、灰、銀灰及黑色的恩巴勞，最大隻的魚可以成長到四十公斤以上。許多垂釣客都認同恩巴勞是出色的戰鬥者。它強悍、雄健，獲得「沒有任何淡水魚像恩巴勞那樣勇於戰鬥」的美譽。因此垂釣恩巴勞與三文魚一樣刺激，令人永遠難忘。

一個令我喜出望外的訊息是，馬國在明年三月二十九及三十日，將會由漁業局、野生動物部門及布得拉大學聯合在吉隆坡召開國際Mahseer研討會，看來我們是要緊跟在印度的後頭，發展恩巴勞事業了吧。會議期間，當局還安排參與者參觀馬國的恩巴勞養殖場，它們分別座落在砂拉越的Tarut、沙巴的Babagon、彭亨國家公園以及吉蘭丹的話望生。有關消息已經在網上發布，相信接下來的造勢活動，一定能夠激起恩巴勞熱潮。

話說回頭，比土地還昂貴的恩巴勞味道如何？

我一向嗜食魚，價廉如邦農唾棄的甘夢，或者昂貴如斗底鯧、海底雞、老鼠斑，肉質與味道雖有不同，並無偏好。最重要是廚師拿捏得好，即使是魔鬼魚也一樣清甜鮮美，大山腳市內許多檔子都有這本事。當晚的恩巴勞竟然以酸辣入味，嗯，我印象最深刻的是，魚皮切切有聲，好有彈性呀。

像狗一樣

即使今年是狗年，如果我們稱讚某人「像狗一樣靈敏」，或者表揚他「像狗一樣忠貞」，肯定會斷了邦交，從此老死不相往來。

只有一次例外。有一年，我們拜訪太平華聯獨中校長龔道明。他是一位性情中人，也是研究韓文公的專家，同時又很喜歡收集書畫。談到他收藏的字畫，他歎了一口氣，「唉，好像我們這種人，看見喜愛的書畫，雖然袋子裡沒有錢，還是狗改不了吃屎，要買一、二張。」非常神地刻劃了一個癡人對某件事物的迷戀。雖然惡心，大家似乎都很樂意接受。

很多時候我們都要和狗撇清關係。十二生肖之中，關於狗的負面評語真是不勝枚舉，反映華人對狗的感情是多麼複雜，難以捉摸。一方面需要狗兒的忠誠服務，另一方面卻又鄙視狗的跟進跟出、搖頭擺尾展示親熱。順手拈來，關於狗的貶義詞就有：狗官、瘋狗、狗東西、狗奴才、喪家犬、吃狗屎、看門狗、狗仗人勢、偷雞摸狗、蜀犬吠日、狗急跳牆、狗屁不通、狗嘴長不出象牙、狗掀門簾——全靠一張嘴、狗咬呂洞賓，不識好人心。

魯迅在〈狗・貓・鼠〉說：「在動物界，雖然並不如古人所幻想的那樣舒適自由，可是囉唆做作的事總比人間少。它們適性任情。對就對，錯就錯，不說一句分辨話。蟲蛆也許是不乾淨的，但它們並沒有自命清高。」即便如此，他老人家還是忍不住倡議，一定要狠狠的打落水狗。落水狗何罪之有？是狗的嘴臉太令人厭惡了嗎？

其實不然。不管是名狗還是土狗，它們對恩人的牢靠往往是身為萬物之靈望塵莫及的。最近經濟雖然呆滯，但是養狗的人家逐漸熱鬧起來。每天黃昏散步，有錢人家牽著狼犬、洛威勒沿路撒尿、睥睨天下。我家鐘點女傭芭尼有隻矮小土狗，夕陽西下，她也一樣信心十足將狗帶上街頭。別看這小狗其貌不揚，它在晚間可是芭尼老公蘇巴馬廉捕殺山豬的好幫手。狗帶給人們的榮耀，是從來不分階級與種族的。

古典文學中，有過這麼一個忠誠狗的故事。曾經寫過「天道夷且簡，人道險且難」的西晉名書法家陸機（生於西元二六一年，歿於西元三〇三年；著有書帖《平復帖》），在西元二八九年離開江蘇來到洛陽，獲得太常張華的提拔當官。因為離開故鄉太久，很想念家人。有一天他就對著家裡的狗兒黃耳的耳朵悄悄地說：「你幫我把家書帶回老家。」說完，就將家書裝在筒子裡，綁在黃耳頸項。黃耳日夜不停的奔馳，果然來到了陸家村。而且，它又從陸機的老家捎了消息回來。這一來一往，五十天的旅程，它只用了二十五天。

每一次讀到這故事，就讓我想起念書的時候，家裡那隻黑狗沙士。那時候母親剛去世不久，我們也從街尾搬入膠林，進入一間父親新建的板屋。夜裡寂靜漆黑，為了壯膽，我們就飼養了一隻普通的土種黑狗。沙士其實也沒有什麼長處，就是和一般狗一樣。唯一的不好，是每月的某一段日子會挖掘鐵籬笆，溜出去快活。三五天後才拖著疲憊的身子回家。幾經責備、警告，還是死性不該。有一天，父親終於下定決心，用麻布袋將它套起，丟上羅里車，一口氣將它載到十多英里外的麻不賴小鎮。我們當然都為沙士的缺席傷心了一陣子。過了好幾天，正當我們已經將沙士淡忘，它一搖一擺，回到了門口！我們喜出望外，抱它起來。它向我們望了一眼，那肋骨盡顯的身子就癱下來了。

和貓死守屋子的脾性完全不同，主人落魄，狗兒肯定會跟著他浪跡天涯，同甘共苦。因此，流浪漢身邊總有一隻狗打發孤寂的夜晚。它從來不會嫌棄芭尼和我們的木屋

啊，好香的異味

報紙上說，吉隆坡的朋友以五種不同的水果招待香港的胡一虎。他捏著鼻子，「尖不吻的味道好難聞啊。」我們都很奇怪，怎麼會呢？尖不吻這麼好吃。

有一年旅行臺灣，在華西街的夜市閒逛，忽然嗅到一股非常怪異的味道，像打開溝渠蓋迎面撲來的腐朽味。我們很好奇，憑味尋跡，總算找到源頭，就是名聞遐邇的臭豆腐。第二天我們和臺灣的朋友說起那種難受，朋友說：「怎麼會呢？」他還盛意拳拳在家裡以自家製作的臭豆腐款待我們。

我的外甥從大陸來檳城讀書，女兒們非常熱情地招待，請他一天吃盡島上的名肆。

晚間回來，他癱在床上。我問他發生了什麼事情？他說表姐請他吃一樣好臭的東西，很想要嘔吐。女兒們想了半天，才醒悟是淋在豬腸粉上面的蝦膏。那是檳城人最典型的小食呀，怎麼會呢。女兒們大叫冤枉。

喜歡異味食物的人，總是有他說不完的故事。馬國著名的漫畫家Lat畫過四格漫畫，是鄉下男孩難忘的臭豆。臭豆有很多種吃法，最過癮的莫過於將它整條放在火炭上烘培，然後用腳趾頭夾住，一顆一顆地剝開來，配巴拉煎送飯。在甘榜住過的孩子，誰沒有嚐過這道好香的佳肴？你看霹靂美羅鎮品香茶樓門口那源源不絕購買臭豆的旅客，就知道它有多麼受人歡迎。

這是很難以述說的場面。因為個人太喜愛，常常會忘記西人名句：「一個人的愛好，也許是另一個人的毒藥。」當然，異味的食物，還未曾構成真正的殺人個案。但是如果不喜歡某種食物，卻又沒有辦法拒絕、甚至遠離它，那麼，面對那無孔不入的味道，有時候還真的生不如死。但是，好此道者會無視於你的痛苦，而且還會頻頻對你遊說：「怎麼會呢？這是很香的呀！」

不過，臭豆和臭豆腐還好，都有自知之明，冠上一個臭字，讓人有所警惕。最自命不凡的就是榴槤這類水果了。名字誤導人之外，還加上一個威武十足的「果中之王」的外號，更加令人信以為真，以為值得流連。事實是，榴槤最有強烈的個性，你要嘛就愛他愛得如癡如醉，像十八歲少女談初戀；要嘛，就與他一刀兩斷，像拋棄爛賭的臭丈夫，絕無藕斷絲連的曖昧關係。

有時候真不明白為什麼世上會有人喜歡異味的食物？是他們的腦筋有問題嗎？好像榴槤、臭豆之類的食物，不單只是在入口之前，有非常強烈的氣味之外，即使進入肚腸，化為養分之餘，還是有它的威力存在。悶熱的午後下了一場雨，正好與四十人共乘一輛沒有空調的巴士，忽然有人打了一個呃，那是他在半小時前吃了一個榴槤的副產品。我想，即使認同榴槤如何香噴噴的人，也會退避三尺吧。吃過臭豆再上廁所的人，也同樣是最不受歡迎的一號真兇。

即使會成為最不受歡迎的人，對某種食物有偏好畢竟是難以改正的。英國的地鐵站就是怕了這樣的真兇，最近在地鐵站的牆壁貼上醒目的廣告，是一位歡樂寫滿臉頰、胖嘟嘟的意大利廚師坐在吊滿香腸與豬蹄膀的火車廂。圖片底下，很突出的寫著：「請不要吃異味的食物。」

那時候我剛剛從巴賽隆納回來，在當地正好品嚐過圖片中那美妙的火腿，感到加倍親切。看見那行白字，又感覺頗為生氣。怎麼以這麼好吃的東西作教材呢？（啊！）真的，我第一天走進巴賽隆納的菜市場，遠遠聞到非常香馥的氣味，就是這些豬蹄膀散發出來的。

在巴賽隆納，菜市場、酒吧甚至機場，隨處都會看見這類豬蹄膀懸掛在半空中，數十支一排，一排又一排，如肯肯舞娘彈踢的玉腿，氣勢壯觀。原來西班牙人和我們一樣，都是好豬的民族。這類豬蹄膀又有黑、白蹄之分。黑的價錢比白的好，因為黑蹄豬吃的是野果，運動量多。我看其中有一支，值歐元四百五十元，兌兩千一百一十令吉，不禁睜大眼睛。英俊的小販取下另一支，說：「這一支比較好，已經風乾三年，每公斤一百零四歐元。」我因為貪吃又吝嗇，請他切了一百克。他拎起刀，手法利落如削麵，每片火腿像薄膜，令人歎為觀止。把火腿夾在麵包，當天我們吃了一頓旅歐最奢侈也最開心的午餐。

這麼好吃的食物，竟然是「異味」的東西？！在我還未來得及投書抗議，倫敦當地的意大利後裔已經提出強烈不滿。意大利大使館的發言人說。「這是非常傷害意大利人的。」倫敦的市長馬上回應：「我很喜歡意大利食物。意大利食物又香又好吃。」並且即刻將廣告換畫。幸虧豬蹄膀遇上大貴人，「異味」變成「又香又好吃」，撥亂反正，意大利人就姑且原諒了站長。

何謂異味？意大利人不准地鐵站長誹謗，愛吃榴槤的人會很同情捏著鼻子避開的人。即使杏仁飲料，也會有人受不了。我有個朋友，請他喝一級的龍井，他會嫌腥惡。真奇怪。味道真是很私己的感受，誰也蓋不過誰，誰也不必讓給誰。橫豎這世界每個民族都有他們自以為很香的異味食物，如她堅持最美麗的語言是她的母語，就讓這個宇宙五味雜陳好了。各得其所、各安其適，可以省卻不少煩惱。

哈洛德・品特獲獎的意義

英國荒誕派劇作家哈洛德・品特（Harold Pinter）獲得今年諾貝爾文學獎，對不少人來說，都是一個意外。哈洛德・品特在二〇〇二年進行癌症治療，剛剛在十月十日渡過他的七十五歲生日。他在英國被譽為蕭伯納以後最重要的劇作家，只是我們不注重文學，譯介的工作也不普遍，更不要提戲劇這個媒介，因此對哈洛德・品特感到陌生，有冷門的感覺。雖然如此，愛看電影的朋友一定還記得《巴黎中尉的女人》，那是哈洛德改編的同名劇本。

和往年一樣，今年諾貝爾文學獎揭曉之前有不少記者做各方面的臆測。諾貝爾文學院由十八名終身院士組成文學獎評委會，遴選每一年的得獎人。評委會有一個傳統的慣例，在每年十月的某一個星期四宣布諾貝爾文學獎得獎人。本來今年的成績是要在十月六日公布，臨時又延後一星期，因此大家都翹首以待，揣測是不是出了狀況？畢竟這是十年來第一次推遲發表成績。

根據報導，今年角逐諾貝爾文學獎的熱門作家有美國的菲利普・羅斯（Philip Roth），他是目前美國的當紅作家，所著《反美計劃》在美國非常暢銷。加拿大的瑪格麗特・阿德吳德（Margaret Atwood）以女性主義的視角創作文學作品，是另一位熱門人物。土耳其的奧罕・巴慕（Orhan Pamuk），今年只有五十三歲，曾經在二〇〇三年以《我的名字是紅》，獲得柏林文學獎。最後他們三人都被刷下來。為什麼？

文壇如影壇，一樣有很多的傳說。據說，瑪格麗特是因為女性主義的創作路線和去年的得獎人耶利內克接近，所以被割愛。奧罕・巴慕今年曾經痛陳土耳其政府在上世紀屠殺亞美尼亞及庫爾德無辜的老百姓。今年十二月十六日，土耳其政府將帶他上法庭審判。政治意味太強，或許是奧罕・巴慕落選的原因。

至於菲利浦・羅斯的鎩羽，傳說是因為他的作品太暢銷了。假如這是真的，就冤哉枉也。這麼一來，也造成美國十二年來都和諾貝爾文學獎擦肩而過。他們最後一次的得獎記錄是一九九三年，由多尼莫里森獲得。另有一個令人感動的說法是，布什在位以來，窮兵黷武，到處開闢戰場，使許多生靈塗炭，因此諾貝爾獎委員會將美國排除在外。但是這樣的說法，卻又如何解釋法國已經有二十年與諾貝爾獎絕緣呢？法國的文學藝術一向走在時代的前哨。從古典主義、浪漫主義、自然主義到存在主義、新小說，都在法國發軔。其中更產生世界著名的作家如雨果、巴爾扎特、羅曼羅蘭、卡繆、薩特等。一九〇一年的第一個文學獎頒給的也是法國的詩人蘇力。何況法國在二十世紀的後半段一直很強烈反對美國侵佔他人國土，深得世人好評。他們最後一次得獎是在一九八五年，由西蒙獲得。當然，高行健如果也歸屬法國，就另當別論了。

諾貝爾文學獎有沒有超越政治呢？委員會的主席霍瑞斯最近回答記者的答問說：「從不考慮候選人的政治取向，只是希望引導大眾去關注那些偉大的邊沿作家。」這麼說，倒是很讓世界各地有志於文學創作的文學家能夠專注於自己的領域，即使是在偏遠的小國小民。誰知道，我們雖然遠離寒冷的北歐，有一天我們的拉笛夫、沙末沙益，或者沙農阿末會得獎呢。

但是，霍瑞斯的話和過去與現在的狀況都有一些出入。高行健是遠離中國大陸追求藝術自由的畫家兼作家。索爾忍尼辛是逃離俄國的自由鬥士。即使是今屆的哈洛德．品特，也是一個強烈的政治評議家。英國人都知道，他一向激烈抨擊布萊爾參與美國侵略伊拉克的戰役。哈洛德．品特寫過三十一部的戲劇，劇目都很簡練，而且他也一向認為

「沉默是最有力量的語言」。但是對他的人生來說，文學固然崇尚沉默，政治卻選擇直言不諱。二〇〇三年，他還出版一本詩集《戰爭：八首詩與一個演講》，批判布萊爾的決策。事實上，他在一九九六年接受巴黎論壇（The Paris Review）的長篇幅訪問，談到政治忽然語調高亢對記者說：「我不管政治的結構，它們令數以百萬人民受苦難。最近我看見一些政治人物討論越南。我真恨不得穿過螢幕將火把丟向他們的眼睛和睾丸，然後問他們如何從政治的角度看這個動作。」說得慷慨激昂，是真性情的作家。

蕉柑，還有一箱

沒錯，今天是農曆二月初七，桌子底下拉出來，還有蕉柑一箱。是義弟漢平新年前送的禮物。是我的弟弟妹妹們，都知道我一個農曆年會吃掉好幾箱的潮州蕉柑。其他柑橘，雖然一樣橙紅香甜討喜，吃起來就是沒有蕉柑的醇、香、清、甜，結實有口感。這就像藍帶與普通白蘭地的差別，好酒的人一沾唇，就可以馬上分辨高下，實在難以解說。

這幾年福建蘆柑大行其道，漸漸取代蕉柑的市場。蕉柑數十年來都是以木箱裝配，古樸笨拙是它的特色，在講求輕便利落的現代社會，反而成為致命傷。蕉柑不流行，年輕一輩的學生已經不知道蘆柑和蕉柑的差異。代溝竟然可以存在於一個柑橘之間。

蕉柑伴隨新年歌曲出現之前，馬國民間因為入口汽車的ＡＰ事件，正鬧得沸沸騰騰。殊不知在上世紀八〇年代末，當時的皇子財政部長東姑拉查里，也曾經實行入口蕉柑的ＡＰ，嘗試管制市場。商品被壟斷，消費人不滿當然抵制購買蕉柑。東姑拉查里一向自命開通，有不少華人商界朋友，但是他那一次的措施，差一點將農曆新年的吉祥水果給泡製成為橙色爆竹。年輕人不知道蕉柑的味道，也不明白曾經發生的往事，雖然並不稀奇，卻叫人難掩悵然，同時提高警惕。

當然，住在我們這個國家是非常幸福的。如果不是因為偶爾會出現一兩位爭出位，口出狂言的政客，環視四海，有哪一個民族、宗教多元化的國家像我們這麼和諧、安穩呢？小人物雖然嘗試煽風點火，幸虧過去與現在的首相們都高瞻遠矚，領導我們渡過相對平安無事的五十年。

我的親戚居住印尼，常常受到排華浪潮的困擾。數十年前，印尼政府敵視華人，和中國斷絕邦交，他們根本不曾品嚐過蕉柑。我告訴表哥，從有記憶開始，每一年都有蕉柑過年，還真羨煞了他。近年來，印尼政治有了轉機，表哥說舞獅舞龍開禁，我們的新年也一樣很熱鬧。語氣難掩得意。雖然如此，比起我們，他們的歡樂來得已經遲了一些。華人的一切都變了。海外華人雖然有意紮根異土，但是命運坎坷，不如願的事接踵發生，印證人離鄉賤的名言。印尼華人真的否極泰來了嗎？

旅行印尼和泰國，大家都會發覺經過數十年的同化政策，兩地的華裔早就溶入當地社會，未經點醒，還真的難以和當地人分別。當地華裔不止說的一口流利的印尼語或泰語，他們的生活習俗也已經達到水乳交融的境界。最叫人驚訝的是，他們彼此之間用印尼語或泰通是那麼自然無礙。除了一些老一輩的華裔，年輕一代早就不以母語或華語溝通了。

印尼華裔命途多舛，即使放棄了母語與姓氏，還常常遭受效忠質疑，成為各政黨權力鬥爭的代罪羔羊。泰國華裔和當地人通婚的例子在所多有，而且彼此沒有宗教障礙，更加速了同化的歷程，不少泰國首相身上甚至流著華裔血統。雖然如此，泰國也曾經在五〇及六〇年代嚴禁學習華文華語。只有在最近十多年改弦易轍，因應中國大陸的崛起，才大事鼓吹學習華文。

是的，丙戌年轉眼已經過去一個多月。再過半個月，就是父親二十九周年忌辰。當年父親拜過天公，辭別元宵，進入中央醫院治療。病情惡化得很快，幾個星期後就離開苦多於樂的人間。人生是很短暫的，這是早逝的父母親給我最深切的啟示。在人生的道路上，固然需要策劃未來，讓人生有明確的目標；活在當下，教生活沒有後悔也是應該抱持的態度。木箱打開來，七十二個蕉柑雖然壞了四個，尚有六十八個可以供奉天地祖先，招待朋友。生活偶有起伏，稍微乾癟的蕉柑還是那麼醇甜，讓人感覺無限的富足。

關於雞的惆悵

畫家張漢發一向喜歡到處跑，並且最愛在烈日下寫生。有一年他走到中國一個鄉村，發現那裡有猛烈的陽光、荒棄的田野、破爛的草屋以及三兩隻瘦骨嶙峋的家畜，風景實在太美了，因此就將畫架打開，一屁股坐下畫畫。幾個小時後，餓腸轆轆，漢發回到人間。荒野中，他找到一家婦人為他煮午餐。但是過了一段時間，婦人還沒上菜。為什麼？「再等一會，」婦人指了指蹲坐稻草堆中的母雞。

又過了一會兒，終於聽見母雞咯咯叫，婦人大喜，沒三兩下，漢發就有了一碗大蒜蛋花湯。

當婦人將蛋花湯捧出來時，漢發說，差一點掉下眼淚。今日的中國，還有這麼落後的鄉村啊。今天的孩子不會明白，對我們這一代，蛋花湯是多麼美味的食物。五十年前，住在樹林邊沿，我們家一樣養有雞鴨，因此也成就一門絕技：摸摸雞屁股，就知道雞幾時會下蛋。漢發遇見的那位婦人會交待他稍安勿躁，一定也有這項本領。

工商業發展得越繁榮，在農耕社會時代曾經和我們那麼親密的雞越迅速地被排擠出生活的圈子外，對於我們這種在鄉下長大再到城市討生活的人，不無一種惆悵和失落。

日子好像還在不遠以前，雞鴨與豬狗都是我們庭院裡非常熟悉的朋友。曾幾何時，豬開始給束縛在木欄子，不再有活動的自由。然後，失去了洗澡的爛河溝，鴨子給趕到遠遠的農場。雞本來還可以在番石榴樹上棲息過夜，漸漸的，隨著大樹和鋅板屋被砍伐、推倒，人搬入排屋與公寓，雞也只好和人疏遠了。三十多年前在八打靈讀書，房東的孩子於清明節隨家人到公塚掃墓，忽然聽見嬰孩的哭聲。他尋找到源頭，原來是豬的嚎叫，回來告訴我們，只覺啼笑皆非。雞已經遠離我們的生活範圍，孩子們將來要看雞的尊容，也許只有農場或者飛禽公園吧。

在農業社會，雞給歌頌為具有五德的良禽：信，每一天準時啼叫；勇：敢於和對手打架；仁，有得吃的時候，就呼喚朋友分享；文，雞冠挺立，外相如儒者；武，腳上的距如武者的佩劍。因為這五項特徵，雞因此保留生命；也因為這五項特徵，雞更快奔赴黃泉。是頗為吊詭的。

其實，雞擁有的何止五項美德呢。小時候，在我們的屋子前後，雞一向很輕鬆地扮演吃重的角色。眾多家禽中，它是最受歡迎的慈善家，因為它每天都會下一個蛋（當然，有些特異品種也會早晚各有一個）。在物資匱乏的年代，蛋是我們的成長歲月中，最迫切也是最舉手可及的蛋白質。蛋的菜肴變化多端，許多時候，很平淡無奇的菜，因為有了蛋，就變得活色生香。不相信，請問五十歲以上的人，有哪一個不喜歡蛋炒飯的呢？

不過，對雞來說，下蛋還不是像啼叫那麼容易的事？有些主人養雞像孟嘗君養食客，有事發生了食客就得為主人賣命，幹些雞鳴狗盜的事。雞不會替主人去刺殺昏君，只好在時間成熟，引頸就義，為主人攢那一令吉幾十仙，以報答養育之恩。和人類生存在一起，簡直比陪伴在皇帝身邊還要不安全，必須隨時待命，慷慨犧牲，那才顯得雞是多麼偉大。雞即使是每一天都下蛋建設小主人翁的體格，到了人老珠黃，也得準備就緒，成就一鍋老母雞咖哩。

近年來國泰民安，政壇上風和日麗，雞們因此可以稍微喘一口氣。早幾年，有任何人事糾紛，雞總是莫名其妙，屢遭橫禍。尤其是白雞，總被對峙雙方邀請到神明跟前斬首，血灑廟宇。兩個人類的爭執，卻叫白雞來送命。不但雞死不瞑目，觀眾也一樣睜大眼睛，不明白這關雞何事？砍一小段自己的手指頭不是比斬雞頭更有誠意嗎？

可以公開的秘方

不久前，三妹興高采烈給我一份「秘方」。仔細一看，原來是「洋蔥浸葡萄酒的驚人效果」。我看了三妹一眼，她馬上解說：「我的朋友喝過的，都說很好呀。信不信由你！」

大概是近年突顯蒼老，頭髮凋零，兩道濃眉染白更像道長。親朋戚友疼惜的心常常溢於言表，若有什麼秘方，都會不吝相告。三妹的葡萄美酒秘方，其實是很簡單的一道食譜。只要將三個洋蔥剝皮，切成十二塊，浸入七百五十毫升的紅酒，收藏於陰涼處一星期，就可以食用。有關秘方還附上長篇累牘，原來是一個老頭子的現身說法。其中一個好處是「每天夜裡醒來，一直到天亮都不能再入睡的不眠症，喝了兩天之後，就完全恢複正常」。如此好事，我馬上到瑞華超級市場買了一樽便宜的紅酒。至於效果如何，等我泡製飲用之後再詳細報告吧。

早一個星期，大弟則送我另外一張秘方，據說可以降低膽固醇、排脂肪。我瞄了一下，就擱置在半張桌面。最近報紙上有報導，天后王菲正在吃的減肥藥方，裡頭含有山楂、麥芽、陳皮、澤舍、草決明、霍香之類，那不就是大弟給我的秘方嗎？我這裡才驚呼一聲，已經有纖纖玉手數雙伸到眼前。

十五年前，我剛搬進夕眺灣，文學評論家T曾經好幾次到訪。吃飯間，問起保健的活動，他太太在一旁嘲弄：「他呀，除了紅茶菇，還加醋蛋。」T聽了只是訕訕的笑。如果讀者記憶猶新，一定會記得，紅茶菇和醋蛋的狂潮在二十年前是多麼令人如癡如醉。不過，慚愧得很，我至今還是不懂培育紅茶菇和醋蛋，錯過了那個熱潮。已經十年不見T，不知他的保健功夫進行得如何？

也是在搬進夕眺灣不久，在椰影婆娑間與詩人S一齊用餐。那時候S據傳正患上癌症，但是怎麼看都不像是一個受絕症襲擊的人。我小心的向他求證，S也很坦然回答。原來他當時正在鍛煉郭林氣功之外，也同時在服食自己的尿。S的臉色紅潤，真是一個絕好的例子。我受到鼓勵，在書肆間買了幾本尿療法的書籍，才知道世界上真有不少名人每天都在喝自己的尿養生呢。雖然如此，要將自己的尿喝下去？那可不是舉手之勞呀。

還記得Noni果汁由海外一個蕞爾小島引入馬國的震撼？有一天，在馬大念書的女兒帶回來一篇有關代理人委托翻譯的文章。我看了一下圖片，吃了一驚，那不是小時候屋子旁邊俯拾皆是惡臭的Mengkudu果實嗎？這種果汁竟然可以賣一瓶兩百令吉？念頭還沒有轉回來，因為Noni商家的強勢宣傳，Mengkudu果實立刻紅透半邊天。在最紅火的時刻，夕眺灣巴剎一顆要賣五十仙。我家隔壁蘇萊曼的後院恰好有一株六公尺左右的Mengkudu，每天都有數十顆果實掉落滿地。人不拾，鳥也不吃。蘇萊曼偶然只摘嫩葉當Ulam。原來一個族群的秘方，不一定是另一族群的寶貝。雖然蘇萊曼的太太坐月期間也會用Mengkudu的葉子烤熱包扎肚腩。

去年有一個中藥行的銷售員摸到我的辦公室向我推銷一種自製的藥丸。我問起其中的成份，原來是人參和田七。我不禁莞爾。這又是早在七、八年前，就已經在檳城流行的秘方了。我的表哥當時因為心肌阻塞，動手術之後，中藥行的老醫師介紹的就是這一帖藥方。我問有關的銷售員：「怎麼沒有加入雞肫？」銷售員有點錯愕，「你也知道？」他絕沒有想到坐在他前面的是秘方的受益人。

一個時期流行一種秘方。真是難為了有心人。好像三妹給我的洋蔥秘方，洋洋灑灑，就是六張A4紙張。這些立意給世人帶來健康的無名氏，出錢出力，還要貼上時間，是多麼令人感動。

我們雖然生在安定的國家，但是，無時無刻不受死亡的威脅。常常，友朋的生命就在翻閱報紙之間。昨天還看見他出現在晚宴，第二天的夜報就出現他的訃告。這種深刻的體驗，更覺生命脆弱無常。在無常中又想要延續生命，因為日子過得還算不錯吧。在戰火蹂躪的國度，誰還追求秘方呢？

其實，只要到書局一站，書架上，各式各樣的民間祖傳秘方早就給有心人收集成書，公諸於世。在中國，不少中醫學院或者醫藥組織，都在積極的進行有關的研究和搜集。頭髮黑亮、青春常駐、睡眠酣甜、五臟六腑健全、四肢堅強還是柔韌，任君選擇。是不是真有效應？只有試過的人才真正明白。

買不買書

套書推銷員拉祖終於站起來，與我握手道別：「您再考慮考慮，書本是一生的好朋友。」看著他離去的背影，不禁鬆了一口氣。拉祖自誇懂得身體語言，卻不知道如果他再待下去，我就會執白旗，向他選購任何一種科學或者語文套書了。

是的，愛書的人，誰不會看見書本而心動呢？尤其是現代印刷技術進步神速，書本都印得非常精美，而且內容翔實、緊跟時代，看了真恨不得將整套書搬回書房已經沒有空位的書架上擺放。當拉祖有條不紊細說書本的好處時，我的心頭不知已經翻過幾十次主意。買？還是不買？

拉祖說的沒錯。書本是一生的好朋友。但是他做夢也沒想到，我在二十五年前，就為了這樣一位好朋友痛苦過十多個月。那個時候，也是一位像拉祖這樣的好青年西瓦（真奇怪，賣套書的，總是印度青年居多）敲響我家玻璃門，向我兜售大不列顛百科全書。二千多元一套，二十多冊道林紙印刷，摸起來薄若蟬翼，真是愛不惜手。何況還贈送一套兒童百科全書！望子成龍的父親看著尚在地面上邯鄲學步的女兒，想像二十年後將因此書打好的基礎成為科學界巾幗英雄，不禁色迷心竅，膽粗粗簽了合同。

那時候還不流行信用卡，但是設想周到的代理公司已經給盡方便，一個月只區區一百多元。理論上，的確是輕鬆得很。就好像理論上，每天讀十頁百科全書，就可以天文地理皆通。事實並不如此。今天許多用塑膠錢的朋友一定有深切的感受吧。月底帳單寄到，就會有六個鍋只五個蓋，永遠蓋不滿。我在供了十多期後，就忍痛將書退還了。因為十多個月內，我的閱讀習慣並沒有像西瓦的排算那樣準確，前後未曾翻上十次那套新書！

書本永遠讓愛書的人癡迷，而且輕易忘記曾經經歷的刻骨銘心的痛楚。二十多年前我雖然犧牲了一千多元而立下毒誓，從此不買精美的套裝書，但是每一次見到好書，還是心猿意馬，忍不住「只買這一套」，將沉甸甸的書本提回家。許多曾經踏足大陸的文友，一定有過這樣慘痛的經驗：行李超重罰款，都是因為幾本「臭書」。這一次，拉祖如果再待多五分鐘，我可以肯定，又有一套書是我的「最後一套」。幸好他走得快。

因為書本而產生反反覆覆的愛恨交加，是許多讀書人常有的脾性，並沒有什麼稀奇。我記得葉公超寫過一篇文章說，Fitzgerald有一天對著一個書房的書發脾氣，因為他找不到想要的書。他因此寫信告訴一個朋友，決定要把書房內的書都燒掉賣掉，只留《聖經》、《失樂園》、字典及頗普的詩集各一本。事情發展下去，當然，Fitzgerald還是把那些「沒有用」的書留了下來。文人怎麼可能把書燒掉呢。

葉公超自己也曾經發誓，參考書不買、不讀不查的書不買、非讀不可的書也不買，只有在圖書館借不到時，才考慮要不要買。他斬釘截鐵、信誓旦旦，但是最後家裡的客廳又多了一面放書本的書牆。他說：「關於買書，我如今只有感慨，沒有原則了。」可愛之極。

在這個電子資訊飛速發展的時代，絕大多數資料都能夠從網站獲取，還會有人買書看書嗎？拉祖對我的置疑回應一抹充滿信心的微笑。為了加強他的看法，他告訴我有二位同事剛剛和他簽購了幼兒百科全書以及生物百科圖片。也難怪拉祖津津樂道他的售書經驗。原來他們銷售書本就像介紹直銷產品，也是由個別小組去進行。其實，挨家挨戶去「推銷人類文明」的拉祖，打開手提箱拿出來展示的，不過是六、七套精美的套書，竟然可以讓他行走江湖，養家活子。可見得書本的力量就像牛頓發現的萬有引力，是恆久常存的。至少在望子成龍的偉大媽媽眼中，它的潛能可以改變孩子的一生！

對貓的歉疚

因為狗年，不禁想起了貓。十二生肖沒有貓，頗為貓不值。先輩是在什麼情況下，將貓踢出局呢？即使毫無建樹的老鼠也有位子呀，而且排在最前端。貓鼠異位，是要告訴我們，再大的貢獻也可能被冷落。這就是人生難免的缺憾嗎？

雖然替貓說幾句公道話，還是不能解釋從什麼時候開始，對貓就有了抗拒，以至於不想接近它。人的感情實在很奇怪，在很久以前，我也曾經是喜歡過貓的呀。

我在中學的時候，養過一隻麒麟尾，就是那種尾巴捲起只有三寸長，色彩斑斕的花貓。白天從學校回來，它會膩在腳邊，妙妙兩聲。夜深人靜，我努力析解數學，它則蜷伏桌面，隱隱可以聽見它肚子咕咕作響。累了，輕輕推開椅子站起來，它那本已眯起來的眼睛也張開了，輕盈地跳下一起走動。關燈以後，它會回到灶面歇息。天亮灶面已涼，祖母起火，只有它躺的位置還暖呼呼。貓，就是這麼嬌柔親昵，這把年紀已經不喜歡。不過，在那時候只覺得非常溫馨。尤其是母親剛剛去世，貓的體貼撫平不少悲傷。

麒麟尾似乎是我們家豢養的最後一隻好貓。在我的印象中，它並不像前面那幾隻，有的好吃懶做，老鼠在屋樑上爬行，它只張開眼睛望一眼，活像瀆職的公務員。另外有一隻，也許獸性未泯，最愛玩弄已在掌中的可憐鼠。玩膩了，吃一口，有時候只留老鼠頭，有時候則把鼠尾巴拉到牆腳。端看月圓月缺，祖母說。我從來沒去留意，不知真假。

麒麟尾的特色是，它從來沒有抓過老鼠，但是家裡卻沒有一隻老鼠出現！在動物的世界，原來也有威嚴這一回事。這是何等快意的事！人就算坐上高職，也未必有這樣的威儀。如果我在那時候讀過愛倫坡的黑貓短篇，一定會將麒麟尾想像成為母親的化身。因為它是那麼貼近我們，又那麼善解人意。甚至於最後它是如何消失的，都成一個謎。像人間蒸發，有一天醒來，它已經不在灶面。

貓的脾性陰柔深沉是自古如此。《聊齋志異》有一隻大老鼠，在宮廷間橫行霸道，沒有任何人或者貓能夠奈何。這時候，碰巧有人進貢一隻全身雪白的獅子貓，宮中人員就將它丟進大老鼠的老窩，關起門戶窗扉，躲在牆外偷窺。老鼠一開始就很凶狠地奔向雪貓。雪貓跳上凳子避開老鼠，老鼠也直追而上。貓又跳躍下來。這樣來來往往上百次，大家以為這又是一隻無能的貓，正要離開，忽然那貓在老鼠氣喘吁吁的當兒，一撲而上，咬死頸項。打開門戶一看，老鼠已經身首異處。

喜歡貓，就必須忍受它的雙重性格。它在最溫柔的時候，會喵喵喵喵，纏繞褲腳不肯離去。只要還保存十八歲談戀愛時的柔情，那是絕對可以忍耐的親熱。最考驗耐心的倒是夜半三更，它在尋找配偶時的坦率表白，那似乎嬰兒肚餓時候的皋叫，驚天地，泣鬼神，鬧得人心惶惶，一夜不可入眠。一直到它偃旗息鼓，漆黑的大地恢複死寂，它快活過了，累了，馬上入眠。只有被它撩起怒火的人，還在一旁難以平息。

魯迅先生說，貓配合時候的皋叫，手續這麼麻煩。夜間要看書睡覺的時候，就會用長竹竿去攻擊它們。雖然如此，他自信妒嫉心還沒有這麼大。當然，打貓只是一件小事情，魯迅先生也沒有為此說慌。誰知道，貓跌出十二生肖的排名，說不定就是因為它不可制止的囂張。

狗年前夕，忽然傳來朋友入院的消息。他正在看書，剎那間，左眼前一陣黑。檢查結果，原來小時候愛貓，常常將貓摟在胸口，在他不察間，傳染了貓身上一種細菌，破壞了他的視網膜。不久，又在報章上讀到廣東的新聞，一位愛貓的女生，被貓抓傷了顏

聽到嗎？看見嗎？

農曆七月的某一天，鳳凰臺可愛的主播佳佳在新聞下午茶節目中播放一個片段，是臺灣一位電視臺記者在做節目時，忽然幽靈上身，說了一些奇怪的話。螢幕上，我們可以看見有關的小姐全身發抖，臉上表情特異，完全失去少女的矜持。儘管表情逼真，社會上因為常有類似騙人的蠱惑狀況，因此不免令人將信將疑。尤其是當今科技發達，教育普及，雖然愛聽鬼故事的人很多，相信幽靈存在的人已經很少了。

人間萬物，雖然很複雜凌亂，卻又那麼有條不紊的相互牽制，非常奇妙。研究科技的人，一般上都不提鬼神。但是，另一方面，又有不少醫生和科學家是虔誠的教徒，相信神的存在，是他創造了這個世界。既有陽，必有陰。既然有神，當然有鬼。宇宙浩瀚無邊，地球只是一個小點，鬼神共存，並不是不可能的事。

無獨有偶，在鳳凰臺的下午茶播出的同一天，一位三十七年前被親生父母送給馬來人養育的華裔女士英丹的遭遇也一樣吸引許多人的注意。英丹仁慈的養父，三十七年前輾轉從一位馬來護士Putih手中領養了英丹，就讓她念華校，希望有一天英丹和她的親生父母見面時能夠溝通。但是，事與願違，三十七年來都沒有著落。就在今年，怪異的事情發生了。

今年八月中旬和九月六日，英丹親生外婆的幽靈忽然連續兩次附身她的馬來養母羅雅，指示她如何到「吉打美農經營樹膠生意的人家」尋找親生母親。其中最不可思議的是，當幽靈上身的時候，羅雅說的竟然是地道的潮州話。英丹接受指點，來到美農一家腳車店詢問。奇也不奇？她的至親表弟當天真的就到店裡修理腳車！我們潮州戲常說的，如此如此，這般這般，一家就大團圓了。

你相信嗎？我是絕對相信的。小時候，我家屋後的拿督公亭子，入夜時分常常有一些不務正業的人來求真字。其中一人坐定，念了一段經文，拿督公附身在痞子身上時，說的完全是一口馬來土話。何況我自己也曾經歷類似英丹的微妙歷程。這一段經驗，我在〈尋找祖母的草堂〉有過詳細的敘述，今天不妨再說一遍。

一九九三年十月底，我攜帶妻女和兩位妹妹，一家六口第一次踏上父親當年揮淚而別的故土。當時，父親和祖母在馬國去世已經十六年了。十六年來，因為家裡沒有老人家，和潮州鄉下已經中斷聯繫。怎麼辦？我出門之前，按照每日的日程，在家裡上了三支香，悄悄告訴天公、菩薩和祖先們：前路茫茫，你們一定要保佑我們，順順利利找到阿嬤和爸爸居住過的草堂哦。

因為茫無頭緒，出發之前我還聯絡了汕頭大學的陳賢茂教授和連俊經老師，請教如何到父親鄉下。當我們抵達汕頭大學的黃昏，連老師才從鄉下僕僕風塵歸來。原來，他是根據我給他的所謂「後溪」的故鄉，到鄉下各處溪流的後面為我探聽我的親屬。但是，飯局上，他很抱歉的告訴我們，他拜訪過的鄉下，都沒有「後溪」這樣的地方。我們聽了，當然都感到瘖然若失，不知如何走下去。

當天黃昏的飯局前，我們在汕頭大學散步，湊巧在書展上買了一本潮汕地圖。我們馬上翻開潮陽縣按圖索驥，赫然見到司馬布、兩府的地名，一切和祖母有關的記憶馬上都回來了。再左右一看，發現甌坑的名字。我請教兩位教授，以潮語發音，果然就是我們的家鄉。原來我這個半桶水潮州人，把後溪錯當甌坑來念，難怪連老師費了一天一夜也找不到我的家鄉。

謎底揭曉，第二天，我們在廈門大學的蔡師仁老師及汕頭大學的連俊經老師陪同下，浩浩蕩蕩來到甌坑的僑委辦事處。報上大名，以及祖宗三代，執事的先生就立刻快馬加鞭四處探聽。我們則好整以暇，在僑委會所後半部喝茶剝花生，等候佳音。豈知，五分鐘後，去辦事的人還未出現，前面辦事處正在聊天的人群間，卻施施然走來一個中年人，輕輕地對我說：「你就是××嗎？我就是你老四叔的兒子。我們回家見我娘吧。不要讓其他人知道。」

我頓時傻了眼。××就是我呀。相信他嗎？兩位教授點點頭，給我壯膽，我們真的就跟他去了。來到「老四叔的家」，才下車，一位老太太就牽緊我的手說：「阿奴，你來了呀。我是你老四嬸呀。」我狐疑地端詳，她就是祖母在我兒時常提起的最要好的妯娌嗎？老人家看我不相信，指向牆上的畫像，那不就是原本居住在怡保，已經十六年沒有見面的老四叔嗎？老人家接著又說：「你阿公的忌辰是九月初二，我每一年都有拜祭呀。」我的祖父在二十八歲那年因為風寒去世，他的忌辰老人家說的一點沒錯！我嚇出一身冷汗，將老人家抱得緊緊，眼淚立刻奪眶而出。

孔子不談怪異、勇力、悖亂、鬼神的事情。我想他最清楚有很多事情是不能解釋的。但是，不能解釋的事情，並不代表沒有解釋的方案。只是我們的人力有限，還沒有達到解惑的程度。當阿姆斯特丹踏足月球，許多人說嫦娥是不存在了。但是德教會師尊顯靈開示時，一些教育程度不高的扶乩手依然能夠以詩聯解疑釋惑，而且題詞的書法遒勁、有神。又怎麼說？孔子告訴樊遲，專心致力於人民的事，尊敬鬼神但是不要受迷惑，就是智慧。是的，在現實世界中，一切順其自然好了。那裡，是一個幽邃的世界。

沉吟至今

海嘯發生以來，已近一個月。白日裡，關仔角的海灣已回歸一貫的蔚藍和溫柔。今夜圓月映照海面，波光粼粼，更添無限嫵媚。誰能夠看透海洋深藏的心事？

十二月二十六日當天早上，朋友從關仔角的Silverton公寓向外張望，數十尺高的浪濤一波又一波撞擊防波堤，就像發狂的惡龍那麼凶猛。如今一切風平浪靜，誰會相信大海曾經有過猙獰？的確，從最初的瞠目結舌到今天的餘悸猶存，這一件世紀大災難留下了太多令人難以忘卻、錐心刺骨的記憶。

是大自然不再寵幸我們這個地球，還是她要同歸於盡之前的第一個先兆？幾百年來，在這一片土地上，雖然偶有暴風雨，都適可而止，覆蓋面從來不曾如此遼闊，傷亡也沒有這麼慘烈。尤其是在我們的島嶼上，雨過天晴，馬上就可以繼續生活，心頭不留任何疙瘩。祖母生前從多災多難的中國來到馬來西亞，雖然語言不通、水土不服，卻「打死都不想回去」，因為「這裡沒有戰亂，也沒有風災」。曾幾何時，這個迷思已經被1226的大海嘯無情地擊破。如今，誰的心頭沒有隱憂？天災隨時從天而降，海嘯則由海底咆哮而來！

我們對大自然的了解實在太少了。事發當天，檳城的公寓晃了晃，許多朋友雖然慌張跑下樓，還不忘彼此開玩笑，到底是否穿錯另一半的衣服。誰會預料，兩小時後，滔天巨浪就洶湧地從千里外撲面而來，像攻城的千軍萬馬，一定要將海島夷為平地。接踵而來的壞消息，比凶猛的海浪更加令人驚惶失措。從亞齊擴散開去，受殃及的區域包括馬國西岸沿海漁村、以及緬甸、泰國、安達曼、印度、斯裡蘭卡、馬爾代夫甚至北非洲。死亡的人數以千計直線上升，被毀滅的村莊像經歷一場滅絕的戰爭，屍橫遍野。許多海島已經陸沉。驚天地、泣鬼神，千萬個無辜的老百姓在剎那間葬身於碧波萬頃。活著的親人只能聲嘶力竭的追問蒼天：究竟發生了什麼？

科學家告訴我們，海底的地震將地球上亞歐兩面板塊坼裂，造成一千里的裂痕；蘇門答臘的版圖也因此必須移位三十一尺。巨大的裂縫形成澎湃的海嘯，以五百至八百海浬的時速向四周擴散，不到兩小時就兵臨檳榔嶼城下。分析也許精準，但是，一切已經太遲了。村毀人亡，無以數計脆弱的生命永遠離開了這個悲傷多過歡樂的世界。

無辜的老百姓仰望政府，期盼政府培育科學家照顧家園的安全。弱小的國家如我們做不到這樣的護土工作；強大的國家如美國更興趣的卻是發明毀滅生命的武器以及探索、控制遙遠的星球。由美國主導的戰火從一個角落燃燒到另外一個。殺傷力強猛的武器不厭其煩的在戰場上試驗。一九九七年歐美科學家聯手發射Huygens探測船向土星六號月亮Titan出發，飛行了七年共三十二億公里，終於在今年一月十四日準確降落Titan表面，並且開始利用只有二小時壽命的電池發送一千張照片回來地球的研究所。太空科學的突破，是人類文明的壯舉，應該舉杯慶賀。但是，相對的，我們又了解腳下的地球多少呢？對於我們生存的地球，科學家投入的研究太少，破壞性的地下核爆反而是屢見不鮮。如果說大海嘯是大自然的絕地反撲，有誰敢說絕無可能？可憐受難的不是肇禍的元兇。

成千上萬無辜的生命在措手不及間魂歸大海，這種慘絕人寰的畫面，鐵漢即使遠在千里也會為之動容。一個月轉眼已經過去，今天還是有不絕的溫情從四面八方源源而來。聯合國的官員說，在人類的歷史上從來不曾有過如此迅速、龐大、激動的捐輸活動。而且，是超越種族、信仰、區域的一種全面投入！十二月二十九日，PMR成績揭曉，但是我的中三學生並不急切知道成績，一大清早反而參與紅新月會投入救護受波及漁民的工作。一月三日開課的周會上，幼獅會學生忽然上臺宣布要為大海嘯受難者籌款，讓老師們無比欣慰。一月七日，中港臺三地的演藝人員齊集香港大草場為海嘯受難者籌款大匯演，最能展示海內外華人的激情。當晚的主題歌曲有一段「今天安泰／不分遠近／不分富或貧／分擔責任同情／正因我也是人」，說得最為貼切。正因我也是人，「世界上若有一人受苦，全世界的人都要為他哀痛」。正因我也是人，「如果幾十億雙手無法讓時間倒流，至少可以將今天拯救」，世界各地的老百姓，不管貧富，都是抱著這樣的心理感受，將愛無私地輸送到不幸的災難地區。巨富們如李嘉誠、邵逸夫、鍾廷森、Sandra Bullock、Leonardo de Caprio、舒馬赫，一擲千百萬，令人側目。學生們攢下食堂的零用錢，一樣叫人感動。真善美從來沒有如此淋漓盡致的展現出來。

當然，在這樣兵荒馬亂的時刻，也讓我們看見了世界各地政府人道精神的段數。最讓世人驚歎的是德國、法國、瑞典、丹麥、挪威等歐洲大陸國家了。相對於當今的霸主美國，歐洲這一次的表現讓人深切感受到古老文明的熏陶畢竟是遠遠超越牛仔文化的。英國政府追隨牛仔，一開始也是出手寒酸。幸好她的子民不恥這種作法，自行啟動捐款的機器，在寒冷的冬天紛紛伸出溫暖的手，總算沒有丟了大英帝國的面子。

也就是這一次大災難，讓我們見識了人類為求生存，所表現的超強力量。二十三歲美拉娃蒂海上飄浮六天被巴都茅宏翔八號金槍漁船搭救，讓人充滿無限的希望。果然，海嘯九天後，亞齊男子利沙在不可能的情況下，也存活下來，在印度洋上給一艘開往吧生港口的貨船救起。本來以為生命的極限就到此為止，但是，更令人驚訝的是還有一位亞齊青年，在十五天後又被海上打救上岸！當然，這期間還有許多令人難以置信的事情發生。生物學家不禁要問：人的極限究竟在哪裡？泰南攀牙府，十八個月大的哈薩克男嬰躺在墊子飄浮七天後被印度人救起，居然活著。普吉島寇力海灘，兩歲的瑞典小孩兩天後依然生還。另外，拯救人員也在海嘯發生後二十四小時，在瓦礫中發現一名兩歲小孩還活著。許多不可思議的事情總會在紊亂的局勢發生。災難過後，幸存的人們有多少人能夠心存感恩呢？生命難得，又有多少人會活得更加豁然呢？

生命，是什麼意義呢？因為海嘯，沉吟至今。

昂貴何妨

旅遊芭達雅途上，一位朋友停車查詢，黃鱔魚鰾一公斤是三百令吉。這是我許多年來不曾過問的事情，不禁嚇了一跳。回來後在威省一帶好奇詢問，價錢都在五百令吉左右。原來我岳母大人佳節期間特別保留給我的魚鰾鮑魚湯曾幾何時已經暴漲至此！驚歎之餘，不禁感念已經去世將近三十年的父親。

父親在世的日子，海參、魚鰾、鮑魚這三樣食品從來就是我們家除夕夜必備的菜肴。這是我至今百思莫解的現象。我們家生活水平，一向在小康與清貧之間徘徊。父親早年在農業合作社當文員，後來自己當牲畜飼料的合股小老板，又輾轉回去德教會當文書，收入時好時壞。三十五年前，我考取進入馬大，申請同鄉總會獎學金，表格被退回來，評語是：「月入一百八十元，不可能供養一個家庭。」言下之意，當然是說我撒謊。可當事人住在吉隆坡，完全不明白，我們在鄉下是如何生活！幸好，我後來獲得聯邦政府助學金，解決了我的委屈與拮據。如果他知道，我們雖然貧窮，年夜飯還有機會吃一餐好的，更加應該大跌眼鏡了。

是的，我今天的收入，遠遠超出父親當年的落魄無助，看見緊鎖在超級市場玻璃櫥櫃的罐頭鮑魚以及昂貴的魚鰾，也實在不捨得購買。我也不明白為何父親在那個清貧的歲月，能夠「一擲千金」，烹製昂貴的海味祭祖也祭肚？

有一些兒時的鏡頭是不能忘記的。母親英年早逝，是父親與祖母撫養我們兄妹三人長大，印象中常有父親下廚做菜的時候。尤其是除夕那一餐，父親一定起個大清早，到街上搶購魚蝦雞鴨、豬肚豬腳。父親先是把魚鰾切成塊狀，再丟進已經發熱的油鍋炸。那魚鰾就像油炸鬼一樣，進了油鍋馬上膨脹變大。（我最近才知道，這種魚鰾，行情是一公斤一千令吉。真是太可怕了。）海參則是早一天就浸在水盆間。父親撈起魚鰾放置一旁，就眯起眼睛用燭火燃燒豬蹄膀的細毛。這時候，灶頭上在燒煮的開水，鍋蓋已經達達作響。他將處理好的豬蹄放進鐵盆，倒入燒開水，去掉血腥味。回過頭來，又抓了一把薯粉搓揉豬肚，再以燒開水沖洗清潔，放入鍋內，與洗淨的豬腳、雞腳一起慢煲。

魚鰾、鮑魚、海參、豬肚湯，最重要是清淡、香甜。也許是吃慣潮州家鄉菜，我一向堅持一碗湯上桌，雖有一些油漬浮在湯面，卻必須是清澈見底，切忌弄到粘稠，舉箸維艱。我對一切食物都可以隨遇而安，不過對於好的菜肴還是會留下深刻的印象。尤其是兒時吃過的東西，經過時間的發酵，特別感覺好吃。有一年，不知為了什麼，父親只帶我一個人到了檳榔嶼。重要的事雖然忘記，一直牢記心頭的倒是在沓田仔某一個角落的餐飲店，父親叫了一碗鮑魚、雞腳、魚鰾湯。事隔多年，我如今雖然對遝田仔非常熟悉，那碗可口難忘的香湯卻是永遠也解不開的謎了。

父親在五十九歲那年去世。他是在一九七七年農曆年初九，拜完天公以後決定進入檳城中央醫院治療癌症。事與願違，一個多月後，父親就撒手人間了。

父親是一個典型的文人。他十六歲從潮陽甌坑南來，即作文員，也當苦力，會寫非常遒勁的牌匾，也能夠一個人背一羅裡的米包，疊到天花板齊高。無奈為人沉默忠厚，後期經營生意常因豬瘟失敗，抑鬱而終。當他買多一些菜肴回來，祖母囉唆吃不完，父親就會回答：「莫想太多。吃了再說。」也許這是很可笑的事，但是，也因為這樣，我們才能夠在那樣的環境那樣的歲月裡，即使昂貴的食物，也品嚐過了，一切不再稀奇。父親說的沒錯，人生是很短暫的，可以做得到大家開心，昂貴一次又何妨呢？

每一張椅子都有它的故事

自從宜家（IKEA）登陸半島，以類似北歐維京精神在馬國開疆辟土，我家亂七八糟的桌椅即開始面臨被淘汰的厄運。

宜家家私，線條簡潔，新穎脫俗，深深吸引我們家三名不同年齡層女士的青睞。而且，更糟糕的是，它便於攜帶，付錢就可以扛回家ＤＩＹ。鎖鎖轉轉，也不需要敲敲打打，一件電視座轉瞬間就突現眼前。長久以來就被鑿槌刀鋸所壓抑，如今竟然能夠輕易成為十足的木匠，我家三位女士不禁雀躍萬分。

雖然那一點點的成功有無限的虛假，接下來，三位女士居然團結一致，開始對客廳、餐廳、廚房、睡房、書房，甚至儲藏室的家私打起主意。大有宜家的家私才宜室的氣概。一場家私攻防戰於焉開始。

我們家由父親提毛筆替東家寫帳目開始，從來沒有能力購買年齡老過我的家私。雖然如此，在開戰之前，我們四人平靜地點算，赫然發覺，在我們居住的小小空間，單椅子竟然就擺了三十七張！

為什麼這三十七張椅子和其他家私能夠以絕對的優勢盤踞屋子的每一個角落？當然是本土木匠忠厚老實，製成品堅固耐磨。更最重要的是，每一件桌子或者椅子，都有它們個別的故事，是每一個年紀大了一點的人（當然是我！）不敢或忘的家族史的刻痕。

我家最老的家私，就數那廚房裡頭每一天都在使用的六張圓凳。當年父親新店開張，他蹲在地面上，將圓凳翻過來，用銀灰色的漆寫下店鋪的寶號，情景歷歷在目。後來生意失敗，收回來的就是這六張圓凳。

「再等十年，也算是你阿公留下來的半世紀的古董了。你們不要嗎？」我凝視兩位年輕的女士，眼眶好像有點潮濕。再將椅子翻轉過來讓兩位女士看，她們都尖叫一聲：「怎麼可能！」圓凳上浮現的正是父親的筆跡：「潮興棧。巴東色海。十五，五，一九六二。」不知不覺，真的已過四十年。

我家客廳有四張細藤編製的椅子，擺在客廳雖有點格格不入，卻是最舒服的座位。

很多親友都很好奇，這四張椅子哪裡來？說起來，真有無限惆悵，也常常使我緬懷已經去世四年的好友黃乃群。乃群不但是優秀的畫家，同時善於廣交朋友，有很強的凝聚力。他對畫壇有非常崇高的理想，一直想要辦繪畫藝文中心，既可以是畫友聚會交流的沙龍，也可以展示畫友的作品。時機成熟，他就召集了一斑文友畫家書法家，在華堂一側成立了翰墨苑，並快馬加鞭，舉辦了數次畫展。乃群身子胖，又不會開車，但是他總是不辭勞苦，每個月都搭巴士到夕眺灣教畫。他一下車就到我家，我因此有機會聽他細說經國大計。可惜，他最後一次在夕眺灣吃過一碗咖哩麵，回去吉隆坡五天後，就心臟病發去世。壯志未酬身先死，真叫人扼腕。乃群是翰墨苑的靈魂，他去世，當然也意味翰墨苑必須結束。這四張藤椅就是幾年前向翰墨苑購買的，聊以懷念故友的風采。

客廳另外還有七張一套的藤椅，正是一九八三年前後最風行的瑪瑙藤製作，是我搬入大山腳新居時岳父大人贈送的禮物。當年丹麥廠家在居林設立斯堪的那維亞家私廠，專門收購熱帶森林的瑪瑙（Manau）藤，將外皮刨削後，再用藥水處理輸出國外，和今天宜家的操作完全不同。我家瑪瑙藤椅的扶手直徑約寸半，是第一代的製成品。熱帶森林的藤條越收集越小條，後來的椅子就捉襟見肘，必須用三條藤做成扶手。宜家的作料是廢物利用，將木屑加工處理，有取之不盡的從容。

如果家私有記憶，這七張藤椅一定會訴說它們的無限風光往事。一九八三年，我搬入大山腳，和宋子衡、菊凡、游牧、陳政欣、葉蕾、艾文、方昂（當時還未回去檳島）、陳強華、沙河，憂草們常有集會在我家。我在大山腳一直住到一九八九年底才依依不捨地告別。這七年間，上述諸友風華正茂，為馬華文壇留下不少膾炙人口的好文章。

我家兩位年輕的女士，當年雖然尚在稚齡中，但是回憶往事，卻能夠如數家珍。她們還記得，宋子衡家離我們不遠。閒暇時在藤椅子上坐下來，一個小時內都沒說兩句話。有一天忽然注意到風扇旋轉時發出吱吱聲，的確受不了，就拿了張鋁梯，站上去修理。另外一位文友菊凡到來，可就熱鬧了。天南地北，都有說不完的故事。我搬到夕眺灣，六十左右的菊凡有個中午騎了摩托，跋涉兩百公里到我家。還是坐在同一張藤椅子！

這七張藤椅子，除了招待大山腳的好友，兩位年輕的女士最不能忘懷的還有臺灣的林煥彰舅舅。那個黃昏，煥彰在游川、吳岸等作家的陪同下，一進入客廳就蹲下來和孩子們玩「七粒石頭」的遊戲。過後，煥彰還在客廳即席揮毫，在孩子們的圖畫紙上繪畫兒童水彩畫，一口氣畫了二十一張。見者有分，每個作家都帶一幅煥彰的兒童畫回家，真是慷慨。

大山腳是當年馬華文學的重鎮，因此時常有著名的作家路過。如今想起來，曾經讓我家這七張藤椅子沾光的作家，還真的不少。當年主要的編者如陳湮（多年沒消息，你在哪裡？）、王祖安、許友彬、悄凌、水月，作家陳慧樺、林金城、林添拱、丁雲、都曾經在大山腳一齊聊文學到深夜，是多麼暢快的事！那時候，承得臺大剛回來在鍾靈教書。只要我們這裡有集會，他一定騎了那架摩托，帶著五加皮酒，勃勃渡海而來。我們都知道，他對文化和文學有很大的抱負，因此當他告訴我們將會去都門發展，我雖對他寄以無限的祝福，心中卻有說不盡的黯然。

受寵的老舊家私，就像老傭人，注定是可以陪著家裡最老那個人霸住客廳的每一寸珍貴的地方。宜家的家私？還是留待年輕人有了自己的空間，再送一套過去吧。

歡迎短訊、再見郵差

據說今年在新春間發送的短訊超出一億則，實在令人瞠目結舌。不過，想起短訊的便捷，它能夠寫下這樣的記錄，實在也不甚稀奇。真的，手機嗶一聲，就出現一則文情並茂的短訊，馬上可以感受朋友在千里之外的關懷。雖然明知道，情意深厚的短訊，並不是朋友的手筆，畢竟也是朋友千挑萬選特意轉送，自然非常感動。

事實上，這些眾多的短訊，還真是五花八門，各異其趣。沒有短訊，還不知道，原來民間竟有這麼多會寫打油詩的人才。無名氏寫的短訊，都緊貼生活，或賣弄一點小聰明，以考驗收接短訊者的智力；或詼諧怪誕，以搏讀者一粲；或老老實實，告訴對方保重身體，新年如意。此外，也有人編寫非常簡短逗趣的小故事，讀了更覺莞爾。有的朋友還耗費心思，用符號拼湊成圖像。發送的人得意，接收訊息的人開心，真是皆大歡喜。

電腦科技發達，作為現代人實在應該隨時代進步而並列前進。其中，短訊是許多人最樂於享用的便利。此外，e-mail的發明，不管親人朋友遠在千里之外，只要啟動電腦，彈指間，彼此搭上弦，一切思念都在剎那間消失。我家老二目前在英國練琴打工，如果不是因為這種便利，她老媽子真不知道要如何牽腸掛肚呢。老媽子拍了一些生活起居的照片，也可以馬上通過電腦發送給遙遠的女兒，差不多是與女同步歡慶，天涯若咫尺，完全沒有距離的感覺。

真巧的是，這兩項發明，都是在溝通人與人的關係。現代社會，生活忙碌複雜，書信往返問候幾成絕響。眼看人際溝通越來越疏遠，漸入冷漠，短訊與e-mail的崛起，不無幫助復合人與人之間的裂縫。然而，寫信寄信的古典情懷，將會逐漸成為極少數人的堅持，想來不無一些失落。

好像還在不久之前，我們因為通訊不便，畢業典禮總是傷心淚下。為了日後聯繫，彼此還留下照片地址。照片後面題詞：「人生難得幾回見，留下照片作紀念。」對照今日，孩子們握住手機，嘻哈歡笑畢業，當年是何等「瘀」呀。在成長的寂寞旅程間，也曾在雜誌、報章上面的徵友欄尋找趣味相投的不知名的少年男女結交，成為傾吐心事的文友。更深入的發展，後來結為夫妻的也大有人在。

這些，都是當年郵差叔叔的汗馬功勞。在樸實純情的年代，郵差一直就是我們這些住在落後鄉區的孩子和外界溝通的偉大角色。在沒有SMS和e-mail的年代，我的大學入學錄取書是郵差交給父親帶回家裡的；我的第一篇稿費，也是從郵差手中接過來再去郵政局兌現。在大學念書期間，和女朋友三日一封信，也是郵差做媒介。因為如此，懷春的少女在信封上有時候寫：謝謝你，郵差先生。當然，更不要說對失去母愛的家庭聯繫，也是由郵差先生傳遞。

在念小學的年代，郵差的角色更加吃重。原來那時候中國的階級鬥爭正如火如荼進行，生產力下降，生活苦不堪言。當時家裡常常會出現一些老人家托請父親幫忙包裹食物、寫家書寄回中國。這些老人家都是飼養豬和雞鴨為生，克勤克儉，掉了一分錢皆要撿回來的農民。他們每一年都要匯幾次錢給大陸的妻子兒女兄弟叔伯。濃馥的鄉情，全交給了郵差去傳達。

世界各地的郵差，總是那麼任勞任怨，非常準確的傳達了各地陌生人的寄托。這真是非常奇妙的人際關係。寄信和收信人對郵差來說都是陌生人，但是他們並不因為陌生，而胸懷不軌。這是何等高尚的情操！七年前我搬家，雖然不及知會所有朋友，但是前面那幾年還是常常收到郵差替我們轉交過來的信箋。有時候，信上只有筆名，沒有門牌，郵差也會拿來問：「這是你們的吧？」

好朋友泉的姐夫在五十多年前於鍾靈中學念書期間，因為仰慕豐子愷，寫了一封信給他老人家。沒有地址，他從豐子愷的文章中摸索出來，老人家住過杭州，就把信發給杭州的豐子愷。過了不久，他真的收到了豐子愷的回信！豐子愷在信上說，非常訝異也很感動，海外有一個青年用中文寫信給他，因此送給年輕人兩幅圖畫。豐子愷還說，其實，他並不住在杭州。信是輾轉送到上海他的寓所的。老天！這是多麼神奇呀！更妙的是，豐子愷寫給年輕人的信雖然只是用中文寫的「馬來亞檳城州鍾靈中學某某同學收」，也一樣傳到朋友的手中。可見得馬國與中國的郵差都是那麼盡責，排名很難分出上下。

郁達夫被害六十年

一九二一年，郁達夫發表小說〈沉淪〉，一鳴驚人。他那篇小說，當時毀譽參半。四十三年後，我在中一念書，第一次接觸郁達夫的小說，感到無比真實，也深深為他的誠懇、直率著迷。有好多年，我一直記得〈沉淪〉中的主人翁面對大海，沉痛地說：

祖國呀祖國！
我的死是你害的！
你快富起來！

強起來罷！
你還有許多兒女在那裡受苦呢！

因為是那麼喜歡郁達夫，我甚至相信，善良且率真的他在寫這一段文字時，一定是帶著飽滿的感情，潸然淚下的。但是，誰也不知道，包括郁達夫自己，他的命真的就是因為祖國而死。而且，他也和主人公同樣，死在異鄉。唯一的差別是，一個沉淪海底，一個埋屍荒山野嶺。

關於郁達夫去世的日子，近代文學史上有兩個版本。很多關心郁達夫的文史家說，郁達夫是在一九四五年八月二十九日，被日本憲兵殺害的。另外一個說法是，郁達夫的忌辰在一九四五年九月十七日。不管是哪一天，郁達夫被害時，才只有四十九歲（他生於一八九六年十二月七日），離開我們已經六十年。

一九三八年十二月十八日，郁達夫接受星洲日報的邀請，和妻子王映霞及兒子鬱飛，從福州來到新加坡主持編務。十二天後，也就是一九三九年一月一日，郁達夫還蒞臨檳榔嶼參加《星檳日報》（可惜叱吒風雲的報紙已經在一九八六年九月二十九日倒閉）的創辦典禮。當時距離七七蘆溝橋事變才一年，中國正在抗戰的怒火中，熱愛祖國的郁達夫到海外就職，是有幾個因素的。其中之一，當然就是借重報社的便利，號召海外僑胞投身救國的行列。他離開中國這一年（一九三八年），剛獲推選為福州文化界救亡協會理事長。如果當時的國民黨政府不是腐敗顢頇，作為她的忠貞子民何須遠離故國呢？郁達夫本來不必客死他鄉。他的死，是因為祖國富不起來！也強不起來！

郁達夫攜帶妻兒去國遠行，另一個原因是他當時的婚姻已經亮起紅燈。郁達夫在一九二七年一月十四日認識王映霞，兩人在一年後結婚，當時王映霞（一九〇八年生）才二十歲。這一對名士美人，從一九二七年認識、結婚，至一九三三年，不過七年，已經開始有了齟齬。一九三三年，為了避開王映霞（時年二十五歲）的追求者，郁達夫決定搬離開上海到杭州。他在杭州建立「風雨茅廬」，斷斷續續只住了五年（期間於一九三六年受聘於福建省府參議。），郁飛就於一九三八年底攜帶王映霞到了新加坡。郁達夫是深愛王映霞的。他接受海外的聘書很明顯是要離開當時杭州城的夢魘。只可惜，事與願違，他們只好悵然於一九四〇年協議離婚。

王映霞回國以後，馬來亞的時局逐漸進入戰爭狀態。日本軍隊於一九四一年十二月在吉蘭丹強悍登陸，英軍兵敗如山倒，退守新加坡。一九四二年，郁達夫曾經嘗試回國，但是國民黨政府卻拒絕簽發護照。他只好與胡愈之及王任叔一起避難印尼，一路經過石叻班讓、望加麗、保東村，伯乾巴魯，最後落戶蘇門答臘西部高原巴耶公務，以酒廠富商趙豫的身份出現，並在武吉丁宜任日本憲兵的通譯員，悄悄拯救不少有志之士。

日本憲兵遍佈線人，一九四四年二月，郁達夫的身份被揭發還不知道。一九四五年，日本在連續受到兩顆原子彈的轟炸後，終於在八月十五日，由天皇正式宣布投降。次日，郁達夫聽收音機獲知好消息，馬上通知住在棉蘭的胡愈之。

戰爭結束了，原來以為雨過天晴，從此天下太平。可恨日本憲兵於八月二十九日離開戰場之前，還幹了一件滔天罪行，將郁達夫從家裡帶走，處決於武吉丁宜的丹戎革岱荒野。日本研究郁達夫的著名作家鈴木正夫經過二十多年的調查，找到了當年殺害郁達夫的憲兵班長，班長卻死不認錯。戰爭是如何蒙蔽了人類的心靈！尤其是在二戰結束六十年後的今天，日本軍國主義又再迅速崛起，我們能不更加提高警惕嗎？

我的朋友，豬

禽流感肆虐，不禁想起數年前國內豬農因為立百病毒蒙受的苦難。回想起來，好像每星期的叉燒飯之外，很久沒有見過走動的豬群了。

對於豬，不知道為什麼總是有說不出來的好感。也許是中學時期，常常出入豬欄，眼睜睜看著他們被捕捉、送入屠場吧。它們的憨厚形象，實在令人生憐。雖然有很多人不喜歡，甚至於憎惡它，更有的人對豬避忌，不肯正式稱豬為豬，只叫它為畜生，畢竟不能抹殺豬對人類的進展有著巨大的貢獻。尤其是華人，與豬肉生死相依、成長，造就一流頭腦，締造歷史上輝煌的文明。如果突然一日沒有豬，許多掌廚的女士與大廚師肯定會不知所措，擺不上來好菜肴。當然，在非不得已的情況下，豬的地位會給雞取代，那可是不能同日而言。燜雞爪子如何能夠與紅燒元蹄比較呢？

豬的處境時常就是這樣尷尬。許多迷思一直環繞在豬的身邊，久久不能丟棄。對於豬有避忌的人，所詬病的並不是豬的身體，而是它的骯髒行為令人退避三舍。我小時候曾經在鬧市的邊沿豢養過豬崽子，發現小學課本上所說豬是骯髒的動物是不能確立的理論。因為在鬧市的邊沿，我們的豬寮子不能過於張揚，因此每每需要在數小時內就沖洗被困在寮子內的豬崽。它們吃喝拉屎都在狹小的空間，每當聽見抽水的引擎聲，就會鼓噪歡迎，迎向噴水管，接受水力按摩，如現代男女享受Jacuzzi的酣暢，發出歡樂的呻吟。可見得，豬的骯髒是環境造成，遠非它所能控制。是因為人類的懶惰，敗壞了它的形象。如果豬有能力，小心它會起訴我們，索討賠償名譽損失。

關於豬是懶惰的動物，也是對它沒有根據的嚴重誹謗。豬雖然不曾登上寵物榜，但是你看人類豢養豬群是如何關懷備至。一天數餐，只怕它不肯吃，不怕它吃太多。養鳥喂魚都沒有如此呵護，怎麼會不養成好吃懶動的傢伙？是人都會變壞啦。你看他的兄弟，在森林裡頭必須努力自強，三天沒有兩餐，吃不飽睡不穩，哪一隻山豬是肥胖懶惰的？這可又是人類厚待了家豬，卻又給豬安的罪名。實在太不公平了。

文學世界中，對豬最具善意的就數吳承恩了。他雖然把豬八戒的外型醜化，肥頭大耳翹嘴巴，而且還腆著一個大肚腩，意想不到竟是讀者們喜愛的角色。豬八戒好色又愚蠢，所以常常陷入脂粉陷井，被女性作弄；他又不夠狡猾，謊言常被拆穿，無意間顯露他的可愛。況且，他還有一項天生的本事，會甜言蜜語討女人的歡心。據說，女性讀者因此不在意它的外貌，更加喜歡豬八戒。是否準確，還待杜蕾絲（Durex）之類產品進行查證吧。不過，絕對沒有妒嫉女性讀者與豬八戒的親密關係倒是真的。

相對於吳承恩，英國作家喬治・奧維爾（George Orwell）對待豬就比較居心不良。他在一九四五年發表《動物莊園》，給了豬們非常顯著的地位，一夜之間舉世聞名，成了眾動物的領導，遠遠在牛羊驢馬的上頭，卻是不懷好意的安排。我們也不知道，這是否是其中一個原因，《動物莊園》在一九四四年經過艾略特審閱，但是不獲接受。幸好喬治・奧維爾沒有氣餒，找到出版商於第二年發表這本奇書，我們才能一飽眼福，發掘原來豬也是有領導才華的。近代科學家經過多次試驗，也印證豬是聰明的動物。是時候我們收回「你呀，比豬還要笨！」的說詞了。要不然，我們可真的笨哪！

在《動物莊園》內，豬們無時無刻不在展示統治者的才華。在趕走主人瓊斯先生後，三隻豬領導拿破侖、雪球及告密者馬上為莊園內的動物訂立舉世無雙的《七大動物教條》：

一、凡兩腿的都是敵人。

二、凡四腿、有翅膀的都是朋友。

三、動物不可著衣服。

四、動物不睡床。

五、動物不飲酒。

六、動物不殺動物。

七、所有動物都平等。

本書十個章節，就圍繞著這七大教條拓展，到了最後，所有教條都給豬領導們自己一一破壞、推翻了。

這本奇書，在兒童時期讀來，真是津津有味，為豬的智慧贊歎不已。但是，在成人眼中，這些豬們可不是簡單的動物。比如雪球，原來它影射的就是托羅斯基（Trotsky），拿破侖則是史達林（Stalin），至於其他種種豬們倒行逆施的作法，其實就是尖銳嘲諷蘇聯共產黨內部批鬥的非人政策。老天，在喬治奧維爾的筆尖下，豬們不但聰明絕頂，而且陰毒奸險。有這樣的德性，活該將它們送入屠宰場，先啖之而後快！

喬治奧維爾毒害豬們的手段，真是極至。

從家到憩園

巴金去世了。我們除了感慨人生無助，不管生命會有多長，總有個盡頭之外，也替他老人家鬆了一口氣，不必再為太長的生命受懲罰。雖然如此，無可否認，長壽讓老人家享受到寫作帶來的最高榮耀。

相較於許多當年優秀的作家如老舍、傅雷，因為文化大革命的災難，含辱而終，在某種程度上，巴金是很幸運的。老人家走過了二十世紀初年封建腐敗的社會，經歷無數次的內外戰亂，以及「十年浩劫是怎樣開始的？人又是怎樣變成獸的？」（巴金：《隨想錄》）的文化大革命，終於親眼目睹富強的新中國崛起，因此可以安慰瞑目。

因為老人家的去世，不免想起他的兩本著名的小說，《家》與《憩園》。時代感流失，也許今天的年輕讀者再也讀不下去巴金早年的著作，要知道二十世紀閱讀巴金《激流三部曲》（《家》、《春》、《秋》）的讀者遠遠比今天盛談春上村樹的《挪威的森林》還要多。尤其是《家》，哪一個熱血青年不為書中的高家三兄弟覺新、覺民、覺慧對腐敗禮教的抗爭與掙扎、他們家郁鬱而終的梅、投湖自盡的鳴鳳以及被迫出嫁的婉兒的際遇感歎扼腕呢？事實上，從《家》發表開始，它一直是中國文壇上最暢銷的小說之一。沒有一個成長中的文學青年會錯過這本小說。

《家》是巴金在巴黎勤工儉學（一九二七年）期間構思的小說。當時巴金最醉心於無政府主義，受左拉的《盧貢——馬加爾家庭》影響，也想寫一部自傳式小說。他在一九二八年回上海開始動筆，取名《春夢》。一九三一年，《春夢》才更改為《家》，於《時報》連載兩百四十六期。《家》的出版，使巴金從此在上海文壇奠下基礎，沒有人不曉得巴金。當時，巴金不過是二十七歲。

不過，《家》並不是巴金的第一部小說。他最早的小說是在巴黎聖母院的鐘聲裡創作的《滅亡》。這一部小說，經過葉聖陶的強力推薦，於一九二九年發表於當年很有影響力的雜誌，《小說月報》。年終總結，那一年的《小說月報》編輯曾經預言：同年發表的二部小說必定會讓後人提起討論。這二部小說除了巴金的《滅亡》，就是老舍的

《二馬》。事後證明，編輯銳利眼光的重要性，果然是不亞於相馬的伯樂。

《家》的發表在一九三一年，已經是五四運動以後十二年的事了。它刻劃的是封建專制的大家庭與僵化的傳統制度如何腐爛、潰敗，以及它如何扼殺制度下柔弱善良的青年。但是，在革命浪潮的衝擊之下，腐敗的制度終需崩潰瓦解。巴金以他充滿熱情的文字，對許多受苦的人物寄以悲憫，對充滿理想的青年托以厚望，對壓制人性發展的封建制度給予嚴厲的批判。他的文字通俗流暢，因此更加容易感染不少普通老百姓。

和《家》比較，《憩園》在藝術處理方面比較嚴謹內斂。一九四一年巴金回到故鄉成都過春節，聽到他那染有紈絝氣息的五叔，由變賣家產，淪落到成為小偷乞丐的悲慘下場。他以五叔為藍本，於一九四二年發表《憩園》。這本書曾經是六〇年代末與八〇年代SPM中國文學讀本。當年吉隆坡劇藝研究會還排練，並且在電視臺上演過。香港也曾改編為電影。我是當年的考生，因此有幾幕的鏡頭還依稀記得。其中一幕是永遠也忘不了：變賣莊園的落魄人，他的小兒子常常到莊園偷采茶花送給住在破廟的他。一切的愛與懺悔都在無言間。

《憩園》一樣寫的是封建家庭的敗壞，以及傳統家庭溺愛兒子造成的悲劇。但是，這時候的巴金已經減少了創作《家》那個時期的憤怒與悲情。他縱然有悲憤和控訴，也是壓制著的。這使得小說的藝術性更加濃縮。也難怪李廣田說：「在我所讀過巴金的作品，我以為這是最好的一本。」事實上，除了《寒夜》，《家》和《憩園》正是巴金最喜歡的作品。

發表《憩園》時，巴金已經三十七歲，正當步入藝術成熟期。巴金雖然因為活得老，太老，而蒙受病痛的折磨，但是，歲月的積澱使他的文章是越寫越醇厚動人，智慧閃爍。他永遠是那麼親切坦率地書寫自己的愛憎與懊惱，一個簡單的話題由他娓娓道來總是那麼細致動聽。七十年前開始時，巴金是一個通俗的作家，但是隨著歲月的流轉，他變成一個輕易能夠打動人心的老人作家。這是很不簡單的跨越，不單是歲月賜給的恩典。

廣，能夠以務實的政策治理國家。追根溯源，和他在法國勤工儉學有很大的關係。多一種語言，多一個窗戶，他看見的景象因此比毛澤東和其他同時代的人更加深邃。馬國獨立以來，很幸運的歷任首相都有良好的英文基礎，因此能夠以更寬大包容的心處理國務。

馬國的前任首相退休之前，在教育政策上做了一個急轉彎，所有數理科目都得以英語教學。我想，當時的首相一定是有無限的感慨和無奈，語文固然是民族的靈魂，但是當世界變成沒有邊界，只有緊緊抱住靈魂是絕對不能生存的。我們雖然有語文出版局將各種語文翻譯成國文，但是太慢了。想當年，前首相發表《馬來人的困境》時，誰會比他更愛馬來文？世界的巨變促使務實的前首相寧可面對民族主義份子的指責，也不得不重新將英文引進教育的洪流，讓學生們直接以英文學習新科技，和其他國家一爭長短。

好像我們這種以說華語為主的學校，學生們對學習英文的興趣一般都不高。這是多麼可惜的事。我因此必須告訴學生們過去的經驗。一九九三年我在廈門大學小住一個星期，在校園內和學生們交錯而過，發現他們有不少人戴隨身聽專注聆聽。後來才知道，一般上他們都是在學習英語對話。我今年七月曾經到英國的劍橋鎮參觀，火車站旁遇上兩位華裔少女。和她們交談，原來個別來自香港和深圳。都是來上英語的密集課程，為時三個星期。她們一共來了七十人，每個人必須繳付二萬港幣。在我們這裡，一般的國民型中學一年級，一星期四十二節課之中，就有十六節學習英語（包括數理）的機會，那是多麼難得呀。

感謝我們的教育環境，讓我學習華文和國語之外還懂得英文，使我在英國旅行時，感到無限從容。進入博物館參觀，尤其高興，因為我能夠明白所有的說明文。但是，當我離開英國，進入法國和西班牙，我就成為一個不折不扣的文盲。因為當地的說明文，絕大部分不用英文！歐洲是法文、西班牙文和德文的天下。只懂英文真是行不得。華文和馬來文更不必說了。

有一天我在法國的超市想要購買火腿，包裝紙上的說明文每一個A、B、C我都明白，就是沒有一個詞兒看得懂。為了不要誤吃生火腿，我只好詢問售貨員是否煮熟了？更慘，售貨員一句英語也不會說！

在歐洲旅遊，發覺歐洲人根本是自成一體，完全不理睬外面的世界發生什麼事情。歐洲太先進了，你中國也好，印度也罷，不管有多麼古老深遠，他們都不稀罕學習我們的語文。這是他們的盲點還是自大，且不必管他。我們要了解人家，要和對方打交道，要學習人家的科技和藝術、甚至想賺他們的錢、超越他們，就必須多學習人家的語文。沒有辦法。

沒有邊界的世界，人與人之間會有更多接觸的機會，因此更應該認識多幾種語文。中國人在這一方面，走得比我們快多了。

獨釣寒江雪

一

小曼有一天帶陳湘琳去看「九十不老，百年更新」的彩排。小曼是多年的老朋友，在文藝界極享盛名；陳湘琳畢業於亞羅士打吉華國民型中學，在十多年前和我們見過面，之後她到馬大念書又到香港深造。文章和學問越來越好，真令人欣慰。陳湘琳聽到《寬中人》唱起，有了無限的感觸，在二〇〇三年十月十八日的《南洋文藝》發表〈這夜，在寬柔吹風〉。其中有一段：

寬柔在南，我的母校在北；寬柔是獨中，我的母校是國中。南北方向不同，風土人情不同；而獨中與國中的課程和辦學方針更是殊異，但那精神，卻原來是類似的。這些年來，我一直在教著中國文學，講著中國文化精神。我怎能、忘記、忽略，那教育我，以詩詞啟蒙我，以身體力行、自強不息的精神感染我的母校？

因為歷史的演變，我們華社普遍存在國中、國民型中學和獨中教育出來的孩子。寬柔辦得非常出色，吉華國民型中學近年來在好友黃瑞麟校長及該校董家教及校友會的領導下，校務蒸蒸日上，名氣也越來越大。就像湘琳文章中所說，獨中與國中的課程和辦學方針殊異，但那精神，卻原來是相似的。作為國民型中學校長，我尤其感動，湘琳會感受到那教育我、以詩詞啟蒙我，以身體力行、自強不息的精神感染我的母校。

究竟有多少人能夠體會及體諒國民型中學校長和老師們的苦衷呢？

二

有一年馬來西亞華文作家協會開大會，坐在我旁邊的一名教育工作者問起我服務的國民型中學，知道校園內兩千七百名學生中，九成以上的學生是華裔，他吃了一驚：「政府中學？這樣多華人？」我對他微笑不語。他很好奇，追問：「他們都有讀華文嗎？」我淡淡一笑，「當然。我其他二十多位馬來學生和印度學生，也一樣考SPM華文。最近大放異彩的印裔籃球國手施仁，就是我的學生。」

當時那位朋友有那麼大的反應，是因為他把國民型中學和國民中學混淆了。其實，這也難怪他，因為他從南方來，耳朵裡聽習慣的只有獨中和國中，兩種學校。如果他是在雪蘭莪以北的州屬服務，就不會對國民型中學一無所知了。只可惜的是，作為一名教育工作者，同時又是華文作家，也對國民型中學和國民中學不認識。也難怪時至今日，還是有人把有鬍鬚的人都叫阿公，搞不清楚誰是誰了。

三

華文中學於一九五六年，由鍾靈中學開始接受改制為國民型中學後，一直是華人社會，尤其是純粹華文教育人士胸口的痛。但是，換一個角度來看，這數十年來，國民型中學造福的華裔子弟，尤其是貧窮的孩子，是何其多呀！

我最近登記明年的新生，發覺五百多位學生中，有兩百多位必須留讀預備班，試想像，這兩百多位成績不理想的華小畢業生，如果他們必須報讀國中，換了環境，換了日常的溝通語文，對他們的衝擊是何其巨大！當然，如果他們有機會接受母語教育，可以被華文獨中吸納，那可是他們的造化了。

許多在國民型中學掌校的朋友常常自我解嘲：「我們執行的才是孔子所說的有教無類！」其實，內心裡頭，哪一個國民型中學的校長不是「生年不滿百，常懷千歲憂」呢？尤其是學校的新生中，將近半數的國、英、華語基礎都很薄弱，緊隨而來的便是紀律問題浮現，那才是掌校者最大的挑戰。我有一位朋友，手上學生近三千人。他常常說：「我就像楚霸王，率領三千弟子渡烏江。」每一年我們校長聯誼會總有一次見面，許多朋友就要問他：「霸王，渡江成功與否？」

事實上，率領三千子弟渡江？真是談何容易！尤其是子弟之中，泳術參差不齊，教導起來，就更加事倍功半了。但是，這就是我們，國民型中學的老師們，每一天都默默地在進行的工作！而這些無數的三千子弟，都將會是我們華社、國家未來的主人翁！華人社會正眼看過他們嗎？

四

因此，有一位好朋友常常對我說：「其實，我們是很孤獨的。第一，有多少間國民型中學的董事會真正關心學校的發展？第二，有多少老師認真看待教育工作？第三，華社有多少人支持我們？」他掌校四年，有八個學生獲得獎學金到美國、澳洲及英國留學。其中一個還是劍橋大學醫藥系高材生。但是，他仍舊感到無比傷心，放學後常常提筆練字。他最愛寫的就是柳宗元的〈江雪〉：

千山鳥飛絕，萬徑人蹤滅。
孤舟蓑笠翁，獨釣寒江雪。

有時候看見只有國民型中學才會發生的不如意事，就會非常同意好朋友的感歎。尤其是有一些很不幸的同道，執掌的學校，華校原有的結構蕩然無存。董家教和校友會不是爭霸椅子，就是老死不相往來，或者不敢擔當責任。校長夾在中間，向左走？向右走？都不是人。如何給學校帶來朝氣？馬國目前有七十八間國民型中學，培育十幾萬華小畢業生。但是南北東西走一趟，就會發現一些校舍陳舊、桌椅殘缺的狀況比比皆是。人蹤已滅，釣魚的老頭子，能不感到寒意侵人嗎？

當然，每一間學校都有不同的命運。我不久前去上行政課，前後幾位講師提起國內出色的中學，從北方到南部，他們就非常贊賞吉打的吉華、新民，檳城的鍾靈、日新、檳華、霹靂的三德，天定，吉隆坡的公教等等。仔細地看，都是因為這些學校的董事部精誠團結，號召當地華社積極投入學校的建設工作，才能給當地的華裔子弟帶來無限的福祉。

我以前住在大山腳，恰逢日新國民型中學籌款遷校。中元節盂蘭盛會，善男信女都慷慨捐送。董事會在鄭奕南先生公正無私的領導下，籌獲數以千萬，把日新的巍峨校舍矗立起來。去年SPM考試成績放榜，全國十間最出色的學校，日新是其中之一。

五

李金友先生在今年的馬來西亞國民型華文中學校長理事會常年大會上主講「教育是光」的主題，勇敢地呼籲：「華人對華文教育的奮爭，不能一味以抗爭和訴求的方式，而應該通過協商精神，才能使問題獲得良好的解決。」我相信，不少在國民型中學服務的校長一定會為他的擲地有聲的見解所感動。他是寂寥山徑的那一頭漸漸浮現的人影，獨釣的老翁興許有了一絲溫暖吧。

六

在建國的歷史中，誤打誤撞，跑出來一群國民型中學。不喜歡的人一直想要邊緣化國民型中學。但是，過去四十七年來，從檳城鍾靈、檳華、怡保聖母、三德、八打靈公教、吉隆坡中華、芙蓉振華、沙巴亞庇等等國民型中學畢業投入國家建設行列的優秀子弟，真是車載斗量，數也數不完。副教育部長拿督韓春錦說：「國民型中學是華文教師的搖籃。」國民型中學絕對受之無愧。

讓歷史回歸歷史，國民型中學就是華人社會的資產。為什麼不好好珍惜、發揚光大？

大樹要開花

假期間，午後的校園是一貫的寂靜。但是這一天忽然聽見嘻笑歡樂的聲音，原來是三十多位女生在盛開的洋紫荊花樹下起火野餐。她們身著粉紅T恤，在花樹的濃蔭下活動，隱隱和洋紫荊渾然成為一體。地面上已經給她們挖起了四四方方兩面草皮，赭黃的土地上炭火正開始熊熊的燃燒，烤肉的香氣漾溢花樹四周。

這時候恰好有兩隻黃鸝穿越樹梢，一前一後，鳴唱間已飛上另一端的Tembusu樹冠。這三棵樹，樹齡超越四十歲、高大魁梧，是黃鸝最愛棲息的驛站。每個清晨，Tembusu細小淡黃的花朵，散發濃馥的香氣，陽光還未照亮大地，便提前芬芳了校園。

學生們看見我，大聲的要賞我烤熟的雞肉。望著她們因為爐火和高昂的興致烘托出來的如花笑顏，心中不禁有無限的感觸。如果教育是如此美好的場景，孩子們應該是何等的歡樂！

辦公室樓下的九棵洋紫荊是我們在四年前栽種的花樹。洋紫荊有旺盛的生命力，鮮麗的花朵最適合在煩囂的城市舒緩行人匆匆的腳步。那時候香港剛回歸大陸三年半，前途在遲疑和肯定間擺蕩，受確認的只有代表香港的紫荊。我沒見過紫荊花，但從照片中看，覺得它和洋紫荊頗為相似。

我對花朵一向認識不深，雖然如此，卻常常因為姹紫嫣紅而停下來凝視。洋紫荊原產馬達加斯加，非常適合馬國的水土。如果稍加護愛，就可以開枝散葉，長得非常茂盛。這九棵洋紫荊自從二年前開出三五朵嬌豔的花朵就從不間斷，到今天已是繁花似錦。

其實這一年來校園內過去七年分階段栽植的數十棵樹已經陸續開花。校園的兩個出入口，我們都個別種植六株森林之火。這十二株樹就像十二個兄弟，雖然都接受父母同樣的關懷，卻長成不同的體型。靠近大門邊的四棵，也許因為要給路人良好的印象，都茁壯有神，細碎的綠葉非常謙和的垂落，以最好的姿態迎送出入校園的客人。但是，其他八株卻各有風格，高矮不齊，開花的開得非常燦爛，不開花的索性連葉子都泛黃。這不是校園內學生們的寫真嗎？

其中一株，早些時候眼看它落盡了葉子，就沉默無語，園丁拉薩和我都以為不久就要忍痛將它連根拔起。一天早上我才下車，拉薩很開心地對我說，你看那棵樹！我抬頭望，在蔚藍的天空底下，那棵靜默的樹支幹上滿滿都是花蕾！幾天後，胭紅的花朵即渲染了整片樹稍，一個月左右才換上翠綠的幼芽。如果我的學生能夠給我這樣的驚喜，那該有多好！

我有時候從校園外內望，看見紅花在暮色中燃燒，不免想起十年前寫的《白水黑山》最後的一個章節。原來我對森林之火是有私愛的：

> 陳斌第一次陪陳立安上山，好奇地問：「爺爺，你看什麼？」
>
> 陳立安將望遠鏡交給陳斌，指向起伏不定的山脈說：「一棵紅色的樹，看到了嗎？」
>
> 一陣掃描，陳斌也尋到了目標。那燦爛的紅花像煙火爆開在蓊郁的樹叢間，令人感到窒息、震顫。
>
> 「那是森林之火，」陳立安激動地說。「只要有充足的雨水和陽光，它就可以開得荼薇，是最耀眼的花朵。」

我們在二〇〇一年邀請十多位關心學校的校友和董事，沿著圍牆栽種了十三株約有六尺高的泰國櫻花。去年四月十三日早晨，遠遠看見墨黑的馬路上有一片小紙張，走近一瞧，我忙按捺住驚喜，不敢讓歡呼引起上課中的學生的躁動。那是我們的第一朵泰國櫻桃呀！雖然這個年歲的泰國櫻花還很稚嫩，但是我非常確定，給予時間和陽光雨水，這十三棵樹將來開花的時候，必定是全校最有魅力的角落！

生命的力量儲藏在大地，隨時隨地都會在隔夜間破土而出。栽種花樹尤其會因為這份衝擊帶來無限歡喜。有一天，食堂老板不可置信的說：「一片葉子也沒有，也開花了。那是什麼樹？」蘭花楹的葉子本來就稀疏，在成長期間極像還未蛻變的黃毛丫頭不起眼。但是，當它在空中靜靜地綻放淡紫色的花朵，又嬌柔地隨風飄落，即便是為生活而忙碌的老板看見了都會自然地心生憐惜。

是美麗的物事，怎麼會不引人矚目呢。即使小鳥都會飛入美麗的花叢。自從校園內眾花開放，就有白頭翁、黃鸝、喜鵲、斑鳩、蜂鳥嬉耍於刺桐、洋紫荊、蘭花楹、鳳凰木、金急雨、青龍木以及泰國櫻花的枝葉間。很巧的是，在花香漸濃的時刻，孩子們在學業和課外活動的疆域也逐漸打開一條血路，捷報頻傳。雖然還有很長的路要走，逐年的爭氣表現，仍然讓人感到無限欣慰。

每一棵樹，經過風雨的鍛煉就會長大成為覆蓋方圓數丈的大樹。大樹要開花，那是必然的。但願孩子們都像樹一樣專心。才七年的光景，新樹已是眾鳥的莊園。

為誰 前仆後繼

馬來亞大學最近慶祝建校一百周年，還發行一套郵票紀念。作為校友，不免與有榮焉。更巧的是，最近閱讀潮州會館特刊，才知道五十年代檳城的大富豪林連登先生在一九四九年馬大遷徙吉隆坡，曾經慷慨捐助五萬五千令吉，這樣一件大善事，肯定是沒有多少個馬大生知道的。

林先生真是一位難得的潮州鄉賢，為教育作出不少巨大的貢獻。在一九五〇年，還一口氣捐給韓江中學三十一英畝校地，並且陸續捐款二十五萬令吉。當南洋大學於一九五三年創立時，他也捐了五十萬令吉。這些，都湮遠了。今天千萬富豪的數量比起當年何止超出數十倍，但是，真正有使命感、能夠一擲千金的，又有幾人？

是的，一個人捐款數百萬的那個時代，已經漸漸遠去了。在我們華社，發展學校，變成一件需要大家一起來做的工作。隨著教育的普及，大家有份好差事，就有更多人有能力出錢協助建校。這是一股不可忽視的潛在力量。能夠將它凝聚起來，就是成功了一半。

我掌校八年，和董家教及校友會一起辦過五次大型籌款活動擴建學校。過去那些籌款的階段，常常於下班以後，在家教主席、校友會會長以及三兩位有心人士的帶領下，挨家挨戶，尋找知音。回顧過去，發覺除了幾位顯赫的家族，主要的捐款，還是來自一般普羅大眾。

八年前我們開始第一期的擴建校舍運動。就在聖誕節的前夕，熱心青年王先生突然從吉隆坡回來，叫我和他見面。我才進入他的辦公室，他就從袋子裡掏了一把百元大鈔，數了一百張交給我。「建校的。」他說。還特別吩咐，不要提他的名字。面對慷慨又低調的新版聖誕老人，除了感激，還能說什麼？

有一個黃昏，一位熱心人士通知我，有林先生要捐款，你來聽歌吧。我從八點開始，就像一個過氣老歌女坐冷板凳，在戲臺下看年輕人亂跳亂唱三小時。十一點左右，曲終人散，林先生真的數了三千令吉捐款。雖然自嘲是坐檯費，倒也難掩興奮。有一次和已故老校董張清華局紳，開車一百多公里，到小鎮司南馬參加某政黨的宴會。黨主席進來了，老校董走在他旁邊，他和我使了一個眼色，跟在主席後面的私人秘書果然悄悄塞了一張十萬令吉的建校支票交給我。雖然那個晚上回到家，已經是夜滿西樓了，卻高興得不能入眠。這些經驗，真要書寫成書，何止萬言呢。

國民型中學，校舍一樣是屬於當地華人社群，卻因為背負歷史的包袱，年久失修，多數殘舊不堪。這些培育華社精英的校園，一樣需要熱心人士一批又一批，前仆後繼、出錢出力，才得以維持、發展、延續。十六年前住在大山腳，當時日新國民型中學的籌建工作在鄭奕南先生的領導下，正如火如荼的進行。轉眼間，當年鄉親父老一磚一瓦累積起來的日新國民型中學，不但校舍宏偉，成績也冠蓋全國，令人安慰。

我有一些朋友是檳城著名的國民型中學畢業生。他們告訴我，該校有一個優良的傳統，學生畢業二十五年後，會自動承辦校友回校日。那時候，校友們多已事業有成，就借機會募捐一筆發展金，交給母校。如此傳承，源遠流長，把校友的心和母校的建設，緊緊的拴在一起。

有一年朵拉在八打靈佛堂法藏寺演講，慧海法師知道我們的困境，不但承諾捐助一令吉對一令吉，還率領山腳下的男孩一班人來為我們打氣。當晚的義演High到極點，我們籌獲三十五萬令吉，法師即席宣布，也捐助三十五萬，真是功德無量，常銘心中。

幾年下來，我得到一個結論：建校的錢就在路上。只要肯去進行，一定有人支持。

當然，找錢的時候，挫折總是難免的。閒言閒語也肯定會聽見一些。就當耳邊風吧，吹過去就沒事了。最重要的是，怎麼樣找對鑰匙打開對方嚴密設防的心房，把錢捐給學校，就是學生的福氣。什麼惱怒和委屈，過一陣子也都消失了。

唯有樹最動人

十一月中旬，我應雲里風和承得的邀請，出席興安文學營。

當天早上，我的講題是「樹不會移動，心會跳動」，以五個作家寫樹喻志的文章和學員們一同分享作家的創作手法。

為了寫這麼一篇講稿，我翻閱前幾年編輯的馬華文學大系散文卷，總算讓我找到陳慧樺與何乃健書寫的有關樹的文章。在中國的作家中，關於樹的文章可就多了。中國文學中，有一些樹是歷久常青的。白楊、松柏、桑、梧桐，就不知有多少篇章歌頌過。

不知為什麼，我腦海裡印象最深刻的，還是〈秋夜〉中魯迅先生寫的棗樹。棗樹在

〈秋夜〉中是一個奇特的景象。為何魯迅先生會那麼寫「一株是棗樹，還有一株也是棗樹」，至今仍是一個迷。我查了字典，原來棗樹是枝幹有刺的喬木，也許，這方面魯迅先生又別有所指吧。

此外，我也挑選蔣勳的油桐花與席慕蓉的白樺。油桐花是日本人在辛亥革命那年，偷偷從長江流域移植臺灣種植的經濟樹。從油桐籽榨取的桐油即可做漆料，也能夠塗抹在著名的美濃傘防水。工業發達以後，油桐花樹漸漸失去經濟效益，被遺棄山野。油桐花爆開時滿山遍野都鋪滿白色，臺灣人昵稱為「五月雪」。近年來流行生態旅行，油桐花反而成為無用之用。臺灣的三義一帶開始推動每年的四月底五月初，到山野欣賞油桐花海。只可惜它的花期和櫻花一樣，不長。十天左右就凋落了。

至於白樺樹，喜愛俄國文學的讀者，誰不對它熟悉呢？有一首〈白樺船〉的歌詞是多麼纏綿：「我的縷縷思，你的片片情，小小的白樺船，載著我們同行。穿過道道激流，推開層層波浪，風風雨雨在一起，我們永不分離。」樺樹的枝椏雜亂，生命力特強，因此是文學的好題材。事實上，樺樹幹可以做馬鞍，樺樹皮還能夠製成樺皮船，是中國北方額爾古納河畔鄂溫克族人的主要交通工具。

在中國旅行，最開心的就是看見了詩詞中的老樹頻頻撲面而來。尤其是在北京走了一趟，差不多看完文學著作中的名樹，如梧桐、銀杏、榆和橡。我尤其不能忘懷紫禁城中造型特別優雅的龍爪槐，以及樓臺水榭畔婀娜多姿的垂柳。中國的楊柳就是有那種水靈靈的神韻，絕不是我們能夠培育出來的。中國畢竟是一個農業大國，他們的樹都照顧得非常健康。初抵神州，秋天自廈門南下，沿途見到樹的根部都油上白漆，原來是保護樹的措施。

我一向喜歡樹，覺得樹是最有智慧的生物。他可以聚眾而居，卻絕不喧嘩。誰有堅韌的意志力，誰就可以向上伸展，吸納第一抹陽光。他也可以獨立生存，絕不怨天尤人。事實上，獨處更適合樹的成長。在神州大地旅行，就常常看見活了八百、一千年以上的老樹，過了寒冬，又拔出嫩綠的新芽，寓意深遠。

只可惜今天的學校教育，小小年紀就被引導一味盲目追求電腦科技，沒有強調自然人文，造成許多小孩對身邊的花鳥草木一無所知。疾飛而過黃色的鳥，不知道是黃鶯，就叫它黃鳥。路邊開了一樹淡紫的花樹，就理直氣壯稱她是紫花樹。其實它是蘭花楹，南非夏季最出色的一道風景。我們有大好的森林與田野，但是孩子們卻像成長於城市島國，只會對遙遠虛幻的網絡癡迷。真叫人扼腕。

揚帆之前——給八十五位大學新鮮人

上個星期，六月的最後幾天，是校園內最熱鬧也是最快樂的日子。你們都回來了。在網上搜索，眼光如狐一般銳利，終於發現自己的名字隸屬那一間大學。有了著落，心安了，按捺不住，你們就跳躍起來。我們都可以感受那一份喜悅。

是的。讀書雖然快樂，申請進入大學卻是很折磨人。有一些同學，因為進入的科系是自己的上選，滿面春風，快樂寫在發亮的臉上。其他一部分卻比較內斂，不教人看透心中的失落。

得意的人，也不盡是那些獲得獎學金進入理工科或者醫學系的同學。快樂與否，端看當事人對人生的要求。同樣時期，有一位同學獲得師訓學院錄取，馬上離開正在就讀的中六。他很快樂，因為「將有機會幫忙那些弱勢的學生」。

不是很快樂的同學中，有些還是專業的科系，如光學、食品工藝、材料科學等。其實，深奧的學問無處不在，讀書最重要是提升自己。能夠掌握機會，努力學習，將來自然是同行中的翹楚。又何必認同世俗，一定要念熱門的科目呢？不過，我相信，當學校正式上課，大家為繁重的功課忙得不亦樂乎，大學三、四年的生活很快就會過去。當你們畢業，對自己的科目有了了解，就會和它如膠似漆，緊密合在一起了。

你們都是聰明乖巧的學生。老師們都因為你們的特出表現感到無限的喜悅。近年來，我們的學校進入大學就讀的學生就數你們這一屆最大群。我聽見老師們一個一個詢問你們所獲得分配的學校與科系，他們可是在分享你們的歡樂呀。

辦公室外面的洋紫荊開得熱哄哄，豔紅的刺桐也不讓它專美，都在早晨的微風裡散發淡雅的清香。這些花樹，都是你們念中二的時候開始栽植，不知道你們還有印象嗎？七年前，你們小學六年級畢業，踏入這個校園，懵懵懂懂就被分配一張「南華行」的籌款卡，協助籌募建校基金，一定很辛苦吧。轉眼間，我們自力更生，分五個階段擴建的校舍已經完成，花開荼薇，你們也要揚帆了。這是多麼不可置信！

我想，更高興的應該還是你們的父母親了。你們在兩年前選擇留下來在校園內念中六，無形中已經減輕父母不少負擔。到城外更大的城市念書，固然是一條更加快捷的道路，卻需付出更加龐大的費用。三五年下來，少則四五萬令吉，多則五六十萬，胥視所選是何科系。教育漸漸已經是一種昂貴的工業。如此加重父母的負荷，又何其忍心呢？

幸好，你們都懂得體恤父母，明白生活的艱苦，能夠發奮圖強，力爭上游，進入國立大學，拓展人生未來的鴻圖大業。你們是國民型中學的學生，置身國家教育體系的主流。除了有機會在校園內自由學習中文之外，因為掌握國英語能力強，更能夠順利適應國立大學的課程，出來服務社群與國家。

事實上，作為掌握三種語文的學生，即了解自己的文化，與其他民族的學生溝通也沒有問題，因此在建國的道路上，你們更能扮演積極的角色。我們的國家雖然趕著搭上朝向科學工藝的列車，真正的挑戰還是全民的團結。但願你們在大學校園內，多結交異族朋友，了解對方，也讓對方認識我們，在國民交融的工作上作出一點貢獻。

最近有一位法國冒險家單身乘坐寬只一米五的手劃艇，從日本的千葉縣出發，橫渡太平洋到舊金山，中間不停站，不補給，全程九千公里。他的氣魄是何等令人欽佩。在求學的道路上，你們都有這種精神嗎？

一座堤岸、兩棵樹

回來半島後，朋友問起，砂勞越的印象如何？我從信封中倒了出來，一朵Tecoma、一朵玉蘭花，還有，一片棉絮。

一

古晉給我的印象好得出乎意料之外，最主要的是她的寧靜、寬敞，以及盎然的綠意。抵達古晉機場，車子向市中心駛入，沿路墨綠的樹木最讓我感到無限的歡喜。

因著那一分喜悅，我在古晉住下來的三天，每一天清晨六時都起身到砂勞越河畔跑步。砂勞越河的堤岸，是一座歷史的走廊，也是一個健康的跑道，是風景，也是古晉人的驕傲。堤岸的地面上，沒有一張廢紙，是馬國難得一見的整潔市容。地面上有的卻是每隔數十尺就浮見的銅鏤的砂勞越歷史圖片，讓遊客對砂州有一個約略的認識。堤岸上種了不少森林之火，非常健康，茁壯。在棕櫚樹的陪襯下，紅花綠葉，更是賞心悅目。

站在河的這一邊向對岸望，可以看見白色的炮臺，以及白色的城堡，據說就是當年白色拉惹的故居。河面只有數百尺寬，常常有馬來婦女和學生乘舢舨來往。第二天，朋友用車子載我在古晉城兜一兜，原來坐車子是可以抵達白色城堡的。

堤岸邊，有一座由一九一二年的建築物改建的華人博物館，詳細解說砂州華人的奮鬥史。越過馬路，便是保佑古晉老百姓的伯公廟了。門樑上題的是：「威鎮壽山亭人傑地靈萬古、恩沾沙老越風調雨順千秋。」站在廟門向前看，就是當年貓眼河與砂勞越河的交會處。如今貓眼河已被填平，地面上站著的是九隻待飛的銅塑飛鳥和古晉市中心的九隻貓遙遙相對，不知有什麼含義？也許，砂州有九個省，也許，九是華人的長長久久，好預兆？我不知道。總之，古晉給我的印象是，它比檳城更多一點華人色彩。它的大街小巷居然有華文的譯名！雖然如此，有些新路牌因為加了郵編號碼，華文很自然的消失了。

二

那三個早上，我在堤岸上跑了一圈後，就大街小巷地鑽，天天都很開心，因為可以看見路上許多不同種類的樹。其中比較普遍的除了半島熟悉的雨樹之外，就算Tecoma最多了。太平湖畔的雨樹因為李建吾「翠臂擒波」的題詞遠近皆知，而古晉的Tecoma在馬國還不多見。在我寄居的地方，在早前就只有沿著縣署的圍牆種了一行而已。近年雖有在郊外種了一些，卻還未成氣候。不過古晉市卻有一棵，非常高大。我有一天早上經過，看見它滿樹的花兒，驚訝得說不出話來。黃昏的時候，我再一次來到樹前面瞻望，發覺她的顏色好像由粉紅變成淡紫了！它的淡紫色花朵，約在五公分，像喇叭，薄膜般輕盈。風吹落地，一片粉紫，不禁有黛玉的感懷。

我想，住在古晉的市民，一定也和我一樣，對這一棵樹感到驕傲，而且寄以關懷。有一天，我乘搭的士回酒店，車子在交通圈轉了一圈，赫然發現，那美得令人難忘的樹就在眼前，便對司機說：「你們真有福氣。這樹多麼美呀！」司機閒閒地說：「這樹呀，現在哪算美？有一年，它的葉子都落完了，我們都以為它死了，突然又開滿了花，那才叫人不能呼吸！」

三

玉蘭花是在古晉砂勞越博物館的墓園檢拾到的。

我在古晉待了三天，參觀過貓博物館、華人博物館，以及砂勞越博物館。朋友說，那還不錯，六間已經去了三間。其中當然以砂勞越博物館收藏最豐富。吳岸說，常常有外國的學者到古晉來做學問，因為古晉的博物館多，收藏量齊，因此寫論文的資料也很方便。果然。

博物館旁邊有一個公園，草坪修剪得很整齊。有一些大樹，昂然矗立在草坪上，也不知道看過多少的風景了。仔細的看，會發現原來在大樹下，錯落有致的竟然都是一些卑微的墳墓。這些墳墓，都是清朝年代安置，是數百年前的古物了，當博物館的展出品也算是綽綽有餘。雖然它們並不是皇陵還是秦俑，埋在地下的亡魂究竟是比J. W. Birch還要更早登陸砂勞越的土地。

無名氏的荒塚雖然令人感歎，在草壤的另一個角落發現有數十座新建的墳墓，更教人訝異。低頭看個清楚，原來也都是前清時期的舊墓。附近有一個說明，是當年興建博物館時，受影響而集中搬遷的。其中尤以沈氏族人最多。也許沈家是砂州的望族吧。

這時候，忽然發現不遠的草地上有一朵玉蘭花孤單的躺著，不禁彎腰將它檢拾起來。風徐徐地吹拂，墓園外是稀疏的車子駛過。三百年前，三百年後，人事已非。只有土墓一座，迎向夕陽。而吉隆坡義山的搬遷事件，還在沸騰中。

四

沒有一棵樹比古晉的木棉站在更貼切的地點了。

還沒有看見木棉樹，數十公尺外已知道，它就站在那裡。不是因為它的雄偉高昂（當然它是），不是因為它的芬芳（當然它不必如此），是那輕輕地將烏黑的種子托起來，在風中起舞的雪白棉絮。數以千百計的棉絮，當空氣有一點點騷動，它們便聒噪地揚起、降落，離開母樹越來越遠。

循著棉絮的痕跡，轉了一個拐角，赫然看見木棉樹挺拔的矗立在一座草場的邊沿。仔細看，原來是默迪卡草場！多麼貼切的位置。木棉樹的枝椏，像錯綜複雜的歷史，昂然地向前後左右的天空怒指。它像一個戰士，一個英勇的Iban還是Melanau？是Bidayuh還是Orang Ulu？因為要捍衛他的土地，化身為千手觀音般嚴密的向四周凝思。

木棉樹，究竟有多少歲了呢？從它的膚色，也許遠在一九六三年，它就站在那裡了。它如此堅貞的看守著，人來人往，一九六三年以前存在些什麼？一九六三年以後，又有些什麼樣的變化？

木棉樹看得很清楚，但是它沒有說出來。它只是默默地張開手臂，在棉絮還沒有脫離團體開始遠行之前，給他們足夠的養份。沒有一顆樹比古晉的木棉站在更貼切的地點了。

五

站在伯公廟向下望，那座展翅待飛的九鳥雕塑，作者是Conybeate Morrison。它和聞名遐邇，在耍樂中的九貓雕塑並存，給我一個深刻的印象。在這之前，我在附近的華人博物館旁邊看見一座Han Sai Por製作的現代雕塑。那雕塑只有數尺高，題為United。和貓、鳥彼此觀照，我對United的雕塑又有另一番的領悟。

我們的城市，雖然不如外國有很多的雕塑，卻也有幾座曾經讓我留下深刻印象。雙峰塔金碧輝煌的入口處，有一座非常特別的鋼鐵雕塑，是馬國著名的藝術家Latiff Mohideen的作品。那座現代雕塑，題目是Kinetic。它的特異處有二：它是永不休止的擺放著的動態作品。同時，它竟然一分為二，置放在雙峰塔的左右兩個大門的前面，大有屠龍倚天刀劍合一、誰與爭鋒之勢。浮羅交怡的瓜鎮，市中心也有一座雕塑，沒有題目也沒有注明作者。如果你朝著它走去，那雕塑就像一艘在移動中的帆船，極有巧思。

如果城市的雕塑可以代表該市文化建設的努力，我倒是很希望在文化的小島上可以看見有一些新的進展。這是我在古晉河堤上跑步，腦海裡浮現關仔角紀念碑時的遐想。那個小島始終是我要回去的地方。

等待枇杷黃

年終假期間，發現去年移植的枇杷冒出累累八串花蕾，真是喜出望外。這怎麼可能呢？那個早上，我異常興奮叮囑園丁拉貞一定要特別照顧。他一直點頭，但是我肯定他不明白我說了老半天，這兩株枇杷究竟有什麼意義。校園內這兩棵樹有三年的樹齡，高不及一點五公尺。樹葉橢圓長形，墨綠有茸毛，和我去年在莆田與仙遊一帶所見，滿山遍野的枇杷林沒有二樣。

許多人都喝過止咳枇杷膏，但是卻沒有看過枇杷果。我在女兒們幼年時，教她們看圖認字，見過枇杷的圖片。更早以前，在中學讀書，收集的信箋也有白石老人畫的枇杷。黃枇杷、白蘿蔔、紅荔枝是老人最愛的題材。十多年前偶然間匆匆走過浮躁的茨廠街，聽見有人叫賣中國枇杷，回頭望，果然是書中橢圓形黃澄澄的果實和墨綠的葉子，實在不敢相信，原來我們和中國已經友好到這境界。少年時期的盼望竟然出現眼前。只是自此以後，較少涉足茨廠街，碰不上季節，琳琅滿目的水果檔間沒再見過這美麗的果實。

三年前，雲里風率領作協訪問團到莆田，正好碰上枇杷泛黃成熟的季節，朵拉帶了一箱回來，總算有機會可以好好品嚐。枇杷果面有細茸毛，雖然皮膜薄，但吃枇杷是有竅門的。先用指甲將金黃的果實遍身指壓一圈，然後自底部向上撕，就很容易將長有茸毛的薄膜給剝下來。枇杷性溫和，富含粗纖維及礦物元素，並且含有維他命B1和維他命C，香甜多汁外相好，頗吸引人。

枇杷盛產於福建仙遊書峰鄉。當地土壤肥沃、雨量充足，早幾年研究開發的早鐘六號，果大、皮薄、汁多，而且可以比其他品種早熟一個月，搶盡先機，早市好價可賣每公斤人民幣二十五元，是枇杷中的品牌。

無獨有偶，在仙遊對岸臺灣的太平市頭汴坑山區也是枇杷的盛產地。它所生產的枇杷質量冠於全臺灣，每粒枇杷果實可以賣十元臺幣，是名副其實的「黃金水果」。旅遊業一向很發達的臺灣，每年三月中旬枇杷開始成熟，還特地舉辦枇杷文化季的活動，吸引遊客到山區遊覽觀賞峰巒起伏的宜人景色。由枇杷聯想莆田湄洲島的媽祖娘娘，臺灣和莆田、仙遊兩地就像兄弟一般，實在有太多相似且親密的地方了。有人竟然要去中國化，真是妙想天開。

枇杷不但好吃，而且有很好的療效。根據熱愛枇杷的人們傳頌，枇杷治肺氣，通五臟，是天然的止咳劑。枇杷的果實對哮喘的人有益，有不少朋友可以見證，對枇杷常懷感激。在落後的鄉下，老百姓也常以枇杷葉泡熱水，治療咳嗽。事實上，枇杷葉含有皂素，能去痰；苦杏仁又可以抑止咳嗽，所以枇杷能夠益肺潤喉。我們熟悉的枇杷膏，清甜烏黑粘稠，小時候誤會是枇杷果製成，其實不盡然。它是兩百五十多年前著名中醫葉天士以枇杷葉、川貝、款冬花、遠志、乾薑、沙參、茯苓、薄荷、陳皮、桔梗、法半夏、瓜蔞仁、蜂蜜配製成的止咳藥。

枇杷是雲里風和好朋友黃國民的家鄉名果，對她有說不盡的喜愛。有一年親戚由莆田來，送黃國民八顆枇杷，他很珍貴地收藏在冰箱。外出歸來，打開一數，咦，怎麼少了三粒？他把印尼女傭叫過來問：「你吃了嗎？」女傭點點頭，認了：「我吃了一粒。」國民再問：「真的只一粒？」女傭終於承認：「我吃了三粒，太好吃了。」聽此一說，黃國民心花怒放，放了她一馬。「故鄉的枇杷，印尼女傭也會欣賞，魅力實在是無法抵擋的。」他滿意的說。

不忘歷史 是為了未來

五月十九日從南京回來，在新航讀到《海峽時報》專欄作者理查哈洛藍（Richard Halloran，前任紐約時報駐亞洲以及華盛頓軍事通訊員）的文章〈夠了就是夠了〉，談到不久前發生在中國的反日示威活動，「已經在東京形成一股新的憤慨情緒」。

作者花了十天的時間，在東京和京都走訪了日本公務員、外交官、企業人員、軍官、學者和平民，發現他們對中國的怒火將會延續一段不短的日子。

受訪的日本人都認為，他們已經做過將近二十次（包括最近小泉純一郎的說話）的道歉，以及捐助中國工業基礎建設三百億美金，但是「中國永遠都不會滿足」。有一位外交官說：「中國用一代的時間教導她們的人民痛恨日本。」另一位音樂家說：「我的朋友們都認為應該適可而止。」

許多日本人說，發生在中國的示威，是受到政府默許的。他們的目的是要阻止日本進入聯合國擔任常任理事。話鋒一轉，日本人指控中國在大躍進及文化大革命時戮殺的無辜，何止百萬，又如何說！

倘若理查哈洛藍不是另有動機，所作的訪問反映的是真實情況，那可是非常令人悲傷的。日本人怎麼可以這麼說呢！中國人民的示威，根源是日本有些教科書出版社屢次三番刻意歪曲、掩蓋日軍二次大戰期間在中國犯下的罪孽所引起的公憤呀。

我在南京這段時間也對七位計程車司機提過挑釁似的問題：「大家都走上街頭了，為什麼南京人沒有表態？」司機們都很無奈的說：「公安管得緊呀！」可見老百姓是多麼的克制自己。為了經濟發展，他們將痛苦埋藏了六十八年。

時光也許可以溶化一部分人的記憶，但是任何人如果曾經參觀建立在南京市水西門大街四一八號的「侵華日軍南京大屠殺遇難同胞紀念館」，就不會說出沒有人性與良知的話了。從小讀過一些關於南京大屠殺的事件，來到南京，紀念館是我最想參觀又最不敢拜訪的地方，因為大屠殺是中國人最刻骨銘心的國恥，也是炎黃子孫最不可或忘的傷痛。

五月十二日當天，我們還是抱著忐忑的心情來到了紀念館。中國的觀光景點都收取入門票，只有這裡是極少有的免費參觀景點。紀念館門口是鄧小平在一九八四年題的「侵華日軍南京大屠殺遇難同胞紀念館」十六個大字。它是由中科院院士齊康教授設計，於一九八五年八月十五日完成，並於一九九五年擴建的氣勢恢宏、莊嚴肅穆的花崗石建築。該館佔地兩萬八千平方米，建築面積五千平方米。

紀念館之前，是一片空曠的廣場，分別是悼念廣場、祭典廣場、主題碑。悼念廣場包含三個獨立的雕塑：和平大鍾、標志碑及象徵三十萬人的三根三角石柱。紀念館的設計都是精心策劃的。比如標示碑，高有十二點一三米，代表的正是一九三七年十二月十三日軍入侵南京那一天。碑上刻有「1937.12.13-1938.1」，記載日軍對南京瘋狂屠城的六星期。

悼念廣場的地面，以隸、篆兩種字體，刻下「祭」字。人走在「祭」字地磚上面，向著祭典廣場走去，漸漸感覺傷痛浮上心頭。尤其是驚覺廣場矗立的主題碑牆上「遇難者三十萬」的刻字下，是一顆被染血的軍刀斬下後猶怒目圓瞪的不屈頭顱，以及被活埋地下、仍然由地面掙扎探出的手臂，憤怒和悲痛立刻就如決堤的水湧了上來。六個星期殺我三十萬個同胞，這種仇恨是能夠忘記的嗎？這種悲慟是能夠輕易原諒的嗎？

紀念館座落在江東門，是當年埋葬一萬多個被集體槍殺的軍民的原址。進入館內，可以看見一九八五年建館時挖掘出來的遇難者遺骨。一九九八年，又發掘兩百多具遺骨，都是風乾了的血腥見證。館內展示了不少日軍當年入侵南京燒、殺、掠、淫的罪行。紀念館後部的墓地廣場，矗立著殘酷的戰爭幸存者倪翠萍及彭玉珍的真人雕像，以及其他幸存者的銅版腳印。一九八五年紀念館建立後，曾經尋獲一千七百五十六名大屠殺的幸存者。隨著時光流逝，這些老人家也一個一個離開悲慘的人間。誰將是人間悲劇的見證人？就因為時光無情，犯罪者的後裔就可以肆無忌憚的等待時機抹殺原罪嗎？原諒固然是美德，那可要多方面配合才能促成。

其實，要說日本人都漠視上一代的戰爭罪行是不公平的。日中協會每年都會組織「南京大屠殺獻植訪中國」，在南京浦口珍珠園植樹。自一九八六年開始，前後已種下五萬多株。其他日本團體每年春天也會到紀念館後部進行「綠色的贖罪」活動，幫忙除草澆水。十八日當天，《朝日新聞》發表的社論，就要求日本首相停止參拜靖國神社，以尋求日中的政經合作。

紀念館的主題碑上面刻有一九七二年周恩來的獻詞，「前事不忘，後事之師」。一九九八年，江澤民又題「以史為鑒，開創未來」，都是對中日的前景懷抱期盼。每年有數萬日人蒞訪紀念館，什麼時候日本才會準確地吸收到訊息呢？

一尺板牆，十丈文明

如今來談中國廁所，似乎有些兒落伍，無奈剛從大陸回來，又碰上副首相大力推動廁所革命，可見得廁所雖然是關起門來辦私事的地方，畢竟是攸關國體，非得徹底查辦不可。甚至首相在早些日子也曾經對老百姓糟踏公廁深表失望。如果我們曾經在緊急時刻跳入公共廁所，一定會對首相的感慨心有戚戚焉。那橫七豎八、尿味沖天的地盤，如果不是忍無可忍不能再忍，誰敢踏足？

吊詭的是，在這種環境成長的我們，旅行中國回來，居然也有許多瞧不起人家的故事說不完。十年前，因為已經是遲來的朝聖者，聽取很多長輩的告誡，我抱著忐忑不安的心理，輕輕踏上神州大地。數十年的想象，剎那成真，一切都是那麼激奮人心。在美麗的鼓浪嶼觀光，氣氛幽雅，尤其歡暢。然而進入廁所一探，真的是門兒都沒有，大家裸裎相見不當一回事，實在是看傻了眼。

次日，抵達惠安鄉下，深秋的天色黯得早，一路上困擾著我們的問題提前浮現起來。身為一家之長，當然應該身先士卒，投石問路。表嫂是細心的人，給了我一把手電筒，遙指一棵大榕樹。我踩著光輝潔白的月色走去，發現原來毛坑是一尺寬一條的花崗岩切割鋪陳，無比堅實。手電筒一探，花崗岩底下的坑，怕不有四尺？再仔細一看，原來四野空蕩，都是同樣的花崗岩石條，上面就三三兩兩蹲著辦事的人，大家相安無事。他們嘴上紅紅一點，正叼著煙吞雲吐霧哪。我盡量想像兒時在鄉下的小河邊上，蹲在椰幹上辦活的精神。無奈由奢入儉難，即使月色那麼美麗，蹲了半晌，還是無功而返。次日清晨摸黑重臨戰地，漸漸習慣對面的紅點香火。正努力間，卻聽見花崗岩蹲板底下，有長柄勺子晃動，原來是勤快的農婦們起得更早，正舀肥施放蔬菜。哎。

出入大陸幾次，漸漸習慣，不可苛求如廁的環境。公共場所如巴士站或火車站，甚至一般的旅遊景點，沒有門的骯髒廁所在所多有。即使文明一些，裝了廁門，也只有四尺高，人站起來就可以探望對方。我們一直在分析研究，為何存在這樣沒有隱私的設備？這是極權的年代為了方便監督遺留下來的惡跡嗎？可惜一直是個謎團，不可解說。讀余華的《兄弟》，胡同裡的老百姓每個清晨排隊上廁所，對方如何奮鬥，看得一清二楚，那絕對是國人的終極挑戰。

我最近旅遊名聞天下的麗江古城，忽然心血來潮，闖進入口處中國銀行樓下的公廁，付費三毛錢，赫然發現原來是無門設施。別無選擇，寬衣解帶尚未就緒，前面已經佇立三人等候。管他，人生成敗就在轉念間，一切回歸大自然，如廁如洗手，天人合一，不過如此，何事值得渲染？經此一役，茅塞頓開，從此旅遊大陸應會隨遇而安，不再拘泥於任何形勢。

當然，大陸的旅遊設施一日千里，廁所的問題已經不是大問題，許多旅遊景點的廁所水源充足，設備完善。江南園林之間的廁所，更設計得古色古香，和諧融入附近典雅的亭臺樓榭。揚州整潔的公廁尤其令人難忘。問導遊，回答是江主席的故鄉。真的嗎？其實，中國人口龐大，水源分布不均，尤其是北方缺水，廁所不能保持最佳狀態，也是無可奈何。如何應付奧運，才是最大的挑戰。

公廁是反映國家人民的文明指標。最近旅遊大陸，除了上述的中國銀行，發現好多廁所不但有門可上拴，而且板牆多了一尺，與人齊高。一尺板牆，十丈文明，可喜可賀。登上玉龍雪山，也順便參觀山腰上的免費自動廁所，簡直是大陸廁所的大躍進。據

在路上，吃得輕浮

福建籍貫的岳父從潮州旅行回來，大讚潮州小食檔的食物好吃又便宜，「十六樣小菜，馬幣才二十多令吉。」岳父一年出遊中國幾次，什麼沒有見過？他如此說，讓我覺得臉上有無限光彩。

本來嘛，潮州人的花生、銀魚、橄欖菜，酸菜、芋泥、豆豉魚、黑橄欖、韭菜粿、芋頭粿，哪一樣不是經濟實惠、齒頰留香呢？如果嫌素，可以來個滷味如豆乾、鴨掌、豬大腸，那已經是可以扒下一碗公白粥。再奢侈一點點，叫個五花肉蒸鹹魚，外加一條海參燜肉碎，啊，老天，那可是天下美味呀，請記得拉住舌頭莫要不小心吞下去。

人在外面旅行，很奇怪，回來以後常常會記得在路上吃過的小食，反而是旅行社宴請的大餐，都給忘得七七八八。也許是和掌廚的師傅在水氣氤氳間天南地北的閒聊，更加貼近陌生的土地，才會有一番親切在心頭繚繞。

有一天在廈大一條街附近漫步，發現一座蘭州回教徒開的簡陋檔口。盛在陳舊的鵝蛋盤內的蘭州拉麵，只是撒了一大把的牛肉碎和蔥花，很不起眼，入口卻異常香滑。在廈門不及三天，我已經對當地的米飯漸起抗拒。原來他們吃的蓬萊米，類似糯米，和臺灣的沒有差異，比較難以消化。蘭州拉麵店那桌面上的辣椒油，啊，在離開故鄉一星期後，簡直就是最銷魂的絕品。

離開廈門，我們向廈大包了一輛麵包車，直奔父親六十年前依依不捨揮淚遠別的潮汕大道。十一年前，即使是汕頭，道路也還在開始建設的階段，紅塵撲面。就在這樣的環境中，我們忽然發現有一個小販蹲坐在兩個藤籮筐之間賣粿條湯，真是喜出望外。下車仔細看，那小販比我們這裡的還要認真：他每抓幾片豬肉、豬肝及豬腰花，都要提起中藥店的小秤，像賣藥材一般查斤兩。雖然不習慣他的斤斤計較，那一個早上的地道潮州粿條湯，吃得每一個人，包括廈門大學的蔡老師，都心滿意足。

二十多年前和政欣夫婦第一次到合艾吃夜宵。泰國食物又酸又辣又甜，每個人都會贊不絕口。那個晚上，我們卻叫了一碟子的蚶，每粒有乒乓球那麼大。在家裡，我們十

在路上，吃得輕浮

年都不曾剝過一粒蚶！

一九八五年旅行到臺東，在微寒的夜晚，露天的廣場上有不少中年婦女和著音樂跳舞，我們的心也受感染浪漫起來。廣場旁邊有人正在燒烤香腸，香氣撲鼻。一條只十圓，我竟然吃了三條，事後想起，真是瘋狂。

大節日的時候，總有小孩子因為得意忘形做錯事被責罰。其實真不公平。大人也會在嘉年華會做傻事的。三年前，我應沙巴曾桂安校長的邀請，到亞庇出席生活營。適逢豐收佳節，一網打盡所有土著的食品，都是好鹹的山中蕨菌以及各類米酒。我一樣嚐一口，差一點不能回去。真慚愧。原來土著的米酒，也是有後勁的。

人在路上，總有解放後的輕浮吧。

鑒真和尚的心情

在路上，吃得輕浮

細雨霏霏中拾級而上揚州的大明寺，參觀鑒真和尚紀念堂。拜謁鑒真和尚時，心頭不禁自問：在這樣的時刻，他老人家會怎麼想？

外面擾嚷多時，一邊是他的神州故里，一邊是他教導戒律的第二故鄉日本。一千兩百多年前，多才多藝的老人家懷抱熱忱，幾經艱苦，才抵達彼岸，將唐代輝煌的文化悉心傳授給陌生的大和民族。他的努力在異域開花結果，甚至可以和中原古國分庭抗禮。本來是善意的文化傳遞，卻演變成為今日的文化交鋒，甚至劍拔弩張，可是老和尚預料到的嗎？

是的，在今天中日兩國自一九七二年建交以來，政治關係陷入最低潮的時刻，回顧鑒真和尚一千多年前的文化苦旅，不禁倍感戚戚然。如果將時光再向前推演七十年，那時候日本軍閥加諸中國人的大苦難，更是如何能夠忘卻啊！

鑒真和尚俗姓淳于，生於西元六八八年，是盛唐時期主持大明寺的高僧。他精通律戒，兼習建築、美術、醫藥，在當時的揚州極具威望。七四二年，兩位日本和尚，榮睿和普照，慕名到大明寺虔誠的邀請鑒真和尚到「海中之國」傳法。鑒真和尚深受他們感動，便開始策劃如何東度日本。

雖然鑒真有一片善心，事情的進展並沒有想像中那麼如意。他從五十五歲開始計劃、行動，向東面的海中之國前進，但是五次嘗試都鎩羽而歸。他第五次出海，因為遇上颱風，船漂流到海南島。最後必須從肇慶經廣州到韶州。期間，榮睿因感染疾病，不幸逝世。但是，這些艱苦的災難，都沒有打擊鑒真和尚到日本弘揚佛法的意願。

在他的堅持下，第六次出行終於取得成功。七五三年，鑒真乘搭日本第十次遣唐使的船抵達日本。據說，這時候鑒真和尚的眼睛已經瞎了。儘管如此，他還不畏前途茫然，一心一意要將大唐的優秀文化帶入遙遠的海中之國。

鑒真就像今天羈留在外的優秀人才，為日本作出極大的貢獻。他不但教授律戒，開創日本律宗，還傳授建築、醫藥、漢文學。著名的唐招提寺就是鑒真和尚帶去的工匠建立的。鑒真和尚由七四三年開始嘗試出海東度，經過十年挫折，於七五三年抵達日本。日本人極為尊敬鑒真，當年日本太上皇聖武和天皇孝謙女帝還敕授鑒真為「傳燈大法師」。鑒真在日本傳法十年，於七六三年在日本圓寂後，他的乾漆坐像一直是日本國寶，典藏在唐招提寺。

為了紀念鑒真和尚圓寂一千兩百年，中國國務院於一九六三年策劃，並於一九七三年在大明寺內正式完成建立鑒真和尚紀念堂。紀念堂是當時著名的建築師梁思成參考日本奈良唐招提寺設計的。穿過大明寺大雄寶殿，庭院豁然一開，典雅的鑒真紀念堂就矗立在眼前。紀念堂低矮，面闊廳不深，線條簡單莊嚴，最具特色的是屋頂兩端有一對鴟尾。螢幕上常見的日式廟宇和紀念堂極相似，追本溯源，原來本屬唐朝風格。

鑒真和尚為了弘揚佛法，遠度重洋，最後還圓寂異域。唐招提寺的森本長老由一九六三年開始，屢次向蒞訪該寺的中國領導請求，讓離鄉背井一千多年的鑒真和尚重歸故裡，一直不得要領。一九六三年，大陸正要進入烽火連天的文化大革命，也難怪森本長老必須苦等十多年。但是他老人家不愧是真正的有心人，他的真誠請求到了一九七八年鄧小平蒞訪時終於實現了。

經過一年多的籌備，一九八〇年，鑒真和尚的乾漆塑像回到了他闊別一千多年的故鄉。為了讓以後的人能夠一睹鑒真的風采，當年還仿造奈良唐招提寺的鑒真塑像，安置在大明寺鑒真和尚紀念堂。一位鑒真和尚，兩座鑒真塑像，分別擺設在南京大明寺與奈良的唐招提寺，昭示著中日兩國源遠流長的文化因緣。瞻仰鑒真和尚的時候，除了對他無私的奉獻肅然起敬外，不禁要想起榮睿和普照，以及森本長老。他們都是努力溝通中日兩國文化的有心人。在風聲鶴唳的年代，除了感念他們的高風亮節，難免要問：世上還有多少如此用心良苦的和尚呢？

多乎哉，不多也——為紀念魯迅和孔乙己

今年六月到南京秦淮河畔遊玩，赫然發現一個穿長袍男人的立像站在咸亨酒店門口。原來是孔乙己先生。他本來是一個舊社會的悲劇人物，如今在繁榮的新社會終於找到一分差使，像肯德基家鄉雞老頭那樣，在門口招徠顧客，那還不算太差呀，雖然人家上將是坐在長凳上面，舒服一些。

在這樣的時刻，難免要想起年輕時候渡過的青澀日子，以及跟在大潮流後面猛讀魯迅作品的無明經驗。我在中學時期，最醉心的作家只有兩位，那就是魯迅和郁達夫。他們的處事作風、文章風格迥然不同，魯迅一向給人很嚴肅、不苟言笑的印象，而郁達夫

風流倜儻，玩世不恭，不知為什麼二人竟能夠成為好朋友。郁達夫要帶王映霞搬家到杭州，魯迅還寫信勸導郁達夫，不要離開上海。

魯迅的許多雜文，我在中學時代都讀過，但是如今已經沒有一點印象。大概寫的都是當時政治風潮、國民黨的禍國殃民，時代氣息太強，經時間的沖洗，就淡忘了。反而是他的小說，想到時就會浮現腦海。

魯迅的時間多用在雜文。他一生只寫過三十三篇小說，都收集在《吶喊》（一九一八至一九二二年，共十四篇）、《徬徨》（一九二四以後，共十一篇）及《故事新篇》（共八篇）。經過這許多年，我印象最深刻的除了〈阿Q正傳〉外，就是〈孔乙己〉。

〈孔乙己〉是魯迅繼〈狂人日記〉之後的第二篇小說，創作於九一八年冬天，但是真正發表於次年四月。這個科舉時代最後的讀書人已經降臨人間八十六年了。根據孫伏園的〈關於魯迅先生〉，孔乙己是魯迅最喜歡的人物，因為「寥寥數頁，就將社會對於苦人的冷淡，不慌不忙描寫出來，諷刺又不很顯露。」

〈孔乙己〉全篇不及三千字。孔乙己是一九〇〇年的人物，是腐敗的封建社會只想靠科舉求功名、一事無成的典型讀書人。魯迅一共用五個段落，把孔乙己寫得那麼寒傖、無能，但是不能掩飾他對可憐人的同情。同時，顯露他對社會及老百姓的涼薄非常不滿。孔乙己雖然窮困潦倒，但是他有著讀書人固有的本質，善良、喜歡孩子，也希望孩子多讀書。比諸咸亨酒店那些虛偽麻木冷酷病態的顧客，不知好多少倍。他勉強以八文錢買了兩碗熱酒及一文錢的茴香豆，孩子們圍攏過來，他還是肯與他們分享。當他只剩下一把茴香豆，只好向孩子們求饒：「多乎哉，不多也。」他又好為人師，要教「我」寫字。那「我」其實受周遭看不起孔乙己的「短衣幫」及「長衫」客的惡劣影響，小小年紀，竟然也對孔乙己嗤之以鼻。

但是這小孩與紅衛兵一樣，是多麼沒有遠見呀。做夢也沒想到，數十年後，中國已經成為世界強國。在商品掛帥的社會，一切都由經濟效益開始。孔乙己與咸亨酒店舉世聞名，最吸引廣告人士的留意。八十六年前，窮困無助的孔乙己被舉人打斷腳後，用一隻手托起身子爬到陳舊的咸亨酒店買酒，酒客們都奚落他、譏笑他。這一切都埋進歷史的殘堆了。一九八一年慶祝魯迅誕生一百周年，光緒年間創立的咸亨酒店脫胎換骨，成為紹興五星級大酒店。上海如今也成立上海孔乙己酒店有限公司，分布中國各大城市。

今年十月十九日是魯迅先生逝世五十九周年紀念日。魯迅誕生於一八八〇年，剛過去的九月二十五日是他的一百二十五歲冥誕，本該有一點熱鬧，但是比起往年，已經遜色太多了。

回想五十年前，魯迅是多麼響亮的一個名字，那時候大陸的當權文人將他推上了神臺，把他神話為無產階級鬥爭的向心人物。在那個一切學問被醜化及扭曲的年代，凡是搞文藝的，莫不以研讀魯迅的著作為主要任務。影響所及，海外傾心於左派思潮的作家，也紛紛響應，蔚然成為奇觀。時局如白雲蒼駒，又有誰會想到這一切的虛假，終於在五十多年後回歸原本呢？魯迅先生雖然受到莫名的追捧被玷污了五十多年，但是在歷史的長河間，這段被政治蒙蔽的歲月畢竟是很淺短的。

也許，一切回歸自然，才是魯迅先生心之所安吧。

逐漸褪色的天塹飛虹

在路上，吃得輕浮

終於站在橋面上了，要怎麼訴說胸口的感受呢？路面上車水馬龍，疾馳而過的卡車、巴士與的士造成沒有停息的顫動，雖然時過境遷，還是深深觸動心房。

六十年代末期，當這一座像飛虹的大橋矗立起來，橫跨淼淼長江，多少炎黃子孫為它吐氣揚眉！尤其是在那個風起雲湧的時代，許多人為它歡呼是肯定的了，更不必說許多人為它激動流淚。

斷斷續續讀過南京長江大橋激忿人心的傳說。一九六〇年開始，大橋奠基，蘇聯的工程師來了，打下橋墩，做了一些實驗。因為赫魯曉夫和毛澤東的思想鬥爭，蘇聯的工程師又走了。大家都很生氣，蘇聯人欺人太甚！中國人是這麼好欺負的嗎！毛澤東說：「打破洋框框，走自己工業發展的道路。」一九六八年，正是文化大革命進行得如火如荼的階段。毛澤東和劉少奇的鬥爭拚得死去活來，南京長江大橋卻奇異的存活下來，而且在當年十二月二十九日，正式落成了。

是時也，五萬軍民齊聚江邊，冒雨熱烈歡慶大橋提前完成。煙花、炮仗，將新築的宏偉大橋映照得瑰麗無比。劉少奇的反革命修正主義路線瓦解了，毛澤東的無產階級革命路線勝利了。毛澤東意氣風發，為大橋題詞：「一橋飛架南北，天塹變通途。」一座實用的大橋，變成政治思想鬥爭的勝利象徵。大橋是打倒劉少奇與赫魯曉夫，向全世界證明「中國能」的「爭氣橋」。

還在讀書的時候，就對這一座讓中國人揚眉吐氣的大橋有很多的迷思。在那個不是很遙遠的年代，有太多書本陳訴這一座中國人的驕傲了。這是一座道道地地中國人設計建造的跨江大橋。南京有很多歷史遺跡，屬於現代歷史的經典建設，大橋應該名列其中。

它是一座雙層式鐵路和公路二用橋。上層的公路可以容納四輛卡車並行；兩側還各有兩公尺寬的人行道。下層是鐵路橋，可同時並開兩列火車。大橋如此深謀遠慮的設計，三十七年前最為人津津樂道。

大橋不但充分利用空間，使兩種交通工具同時應用，它也兼顧藝術造型，極具民族風格。我們乘坐南京市公車，漸漸接近由九個橋墩凌空托起的大橋，就可以看見雙曲拱橋的二十二個孔，非常典雅。橋面上下車處，赫然就是兩面巨大的工農兵石雕。它們和橋頭堡上面的石刻大紅旗互相輝映，都是典型的六十年代左派藝術作品。

其實大家更加難忘的是大橋璀璨的燈火。大橋上面的行人道有一百多對白玉蘭花形的路燈、橋頭堡兩百多盞鈉燈、橋墩上有五百多盞鹵素燈，夜幕低垂同時亮起來，大橋簡直就是掉入人間的銀河。這樣亮麗的畫面，三十多年前是中國攝影棚必有的背景，也是畫報雜誌常見的封面。

在公車上遠遠望見大橋，我就開始急切的拍照。旁邊的司機也會意地將車子慢了下來。下車的時候，發覺只有我們一家三口。大橋已經失去她的魅力了嗎？我心裡冷了一下。我千里迢迢趕來一睹風采，六百萬南京人卻沒有興趣嗎？不禁想起出門之前，漂亮的酒店服務員愕然地說：「你們要去大橋啊？」我抬頭望，原來橋頭堡另有樓梯可以上去觀賞南京市與浩瀚長江的風采。我們到櫃臺詢問，也不過一元入門票，只是服務員態度冷漠。展示廳空蕩蕩，沒有參觀者。整個環境就是被忽略了。江面上風很急，為的是什麼？

南京長江大橋是連接長江下游南北城區的主要通道，一日休息不得。它開始設計

給作家一個身份——參觀中國現代文學館

抵達北京，就匆匆忙忙趕去中國現代文學館參觀，好像朝聖者來到了麥加。該館本來座落於皇家園林內的萬壽寺。多年前朵拉去過，還拍了照片，記得是一幢古色古香的房子。當時的文學館館長是舒乙先生。

我們參觀的這一座，是非常現代化的新建築，已經搬離萬壽寺了，因為皇家園林濕氣重，不適合收藏書籍和手稿。接待我們的副館長劉澤林說，它的面積有三萬平方米，建築費一億九千萬人民幣，剛在二〇〇〇年五月二十三日（毛澤東延安文藝講座紀念日）由江澤民開幕。中國政府將來還會撥款一億，進行第二階段的建設。到時候，所有

一、二、三級的作家手稿都會收進來。

現代文學館原是巴金先生倡議的概念。館外立有一座頗大的巨石屏風，上面鐫刻有巴金先生的話：「我們有一個多麼豐富的文學寶庫，那就是多少作家留下來的傑作，它們支持我們，鼓勵我們，使自己變得更善良，更純潔，對別人更有用。」入門的銅製把手，也嵌有巴老的掌印，訪客推門時，彷彿握住巴老細致的手掌，可見中國政府對巴金先生極盡尊崇。

現代文學館的藏書極為豐富。單單作家的手稿，就將近一萬八千多份。一九四九年以前的雜誌，他們都收集齊全。因為時間頗倉促，我們只在館內待了二小時左右，但是已經對文學館嚴謹的組織與豐富的收藏留下極深刻的印象。走進二樓「中國現當代文學展」展廳，走馬看花，約略明白有關單位將一八九八年開始至一九九八年的百年中國現當代文學區隔為六個部分，每個時期都有一個主題。參觀者可以通過照片、聲音與電子方式閱讀那段歷史：

一八九八至一九一七年，五四新文學革命前夕

一九一七至一九二七年，第一個十年（五四運動時期）

一九二七至一九三七年，左翼時期

一九三七至一九四九年，走向大眾時期
一九四九至一九六六年，社會主義時期
一九七六至一九九九年，新時期文學的繁榮

不過，我沒有看見一九六六至一九七六年，文革十年那一階段。一共有九十三位作家捐贈他們的手稿、作品與收藏。在這百年內數以千計的作家照片中，果然讓我發現已故九葉詩人杜運燮，我因此很得意的說：「這是我執教學校的校友。好幾年前他到夕眺灣探親時，我們還合拍過照片呢。」的確，中國作家與我們的密切關係是源遠流長的。

現代文學館對魯迅、郭沫若、巴金、冰心、茅盾、老舍和曹禺七位作家別具青睞，特別為這七位作家各辟一個生活與創作的模擬角落。也許是因為他們對中國現代文學的傑出貢獻吧。模擬魯迅先生在小書房中寫作的造型，讓我們彷彿看到魯迅先生於上個世紀二〇年代在他自稱「老虎尾巴」的臥室兼工作室中寂靜地創作。他的門框上不但有著他那著名的詩句「橫眉冷對千夫指，俯首甘為孺子牛」，屋後的屏風上還抄錄了〈秋夜〉的全文：「在我的後園，可以看見牆外有兩株樹，一株是棗樹，還有一株也是棗樹……」

除此之外，文學館的庭院，也有十三位著名的雕刻家為魯迅、巴金、丁玲、趙樹理、郭沫若、艾青、曹禺、老舍、葉聖陶、沈從文、茅盾、冰心及朱自清等十三位作家製作的浮雕頭像。

二〇〇〇年文學館開幕以後，曾經每個月有兩個周末舉辦免費文學講座，反應非常良好，每一場都有三、四百名聽眾。後來，主辦當局決定每一場講座，收取十元，聽眾人數馬上跌剩三、四十人。這可是出乎意料之外。文學館後來得到中國電信的支持，繼續免費開講，聽眾又重新回來。不知今天是否還持續進行呢？忘了請教劉澤林副館長。在文學館開過講座的著名作家學者有舒乙、陳思和、周汝昌、陳建功、余光中、陳漱渝、余秋雨等等。據說北京有一百座博物院，文學館只是其中之一。在人文氣息彌漫的氛圍中成長，人要不俊秀，也沒有話好說了。

徜徉於現代文學館，我們深刻的感受到，在中國做作家的確是一件很有面子的事。生活不但有著落，有些作家還過得蠻舒服的。他們有一部分是受薪的專業作家，分內工作就是寫評論、小說、詩與散文，而且稿酬另計。我們的馬來文作家朋友，因為是在主流中，似乎也有良好的待遇。只有我們這些邊沿文學人，兩邊都不到岸，徒有無限的惆悵。儘管如此，離開之前，馬華作協也贈送一套十集《一九六五～一九九六年馬華文學大系》給文學館。不管將來這套書會擺放在哪個角落，因為是我們艱苦奮鬥的結晶，難免帶著一點點滿足感走出文學館。

荷花已開半朵

旅遊曼谷期間，泰國朋友陳靜兄特別安排一輛陳氏宗親總會的麵包車，載我們到曼谷南部的佛統府網鑾縣參觀當地的健華華文小學。網鑾離開曼谷約一百公里，從曼谷一路下來，經過的風景和我們的鄉村景色幾乎沒有差異。車子穿過一片農田魚塘，進入網鑾鎮即遠遠眺見他真河岸邊公立健華學校的堂皇校舍。那面白色的牆上大大的寫著：「學習好・華文好・紀律好・品德好」。

網鑾街道縱橫交錯不過幾條，他真河岸邊，兩旁長長並列的木板店鋪還保留著七八十年前的模似，大紅燈籠掛在每戶人家的屋簷下，很有傳統特色。早年從中國南來暹羅的潮州鄉親，其中一個登陸暹羅的渡口就在健華小學不遠的地方。他們也是從這裡乘舟北上，到泰京曼谷開拓天下。

和我們胼手胝足的前輩們一樣，紮了根的潮州人，也在這裡建立了學校，傳承家鄉的文化。不知不覺，健華小學今年已經創校八十二年。但是，泰國的華僑比我們的前輩面對更艱巨的挑戰與壓迫。其中尤以一九三九年及一九四八年的排華浪潮最洶湧，所有華文小學都被強制關閉。獨有網鑾的健華小學，因為地處邊陲，反而很少引起泰國政府的關注，能夠幸免於大潮流。即使如此，根據今年五十九歲的校友陳炎坤告訴我們，當年他們偷偷上華文課，京城若有教官前來突擊檢查，教官還未踏上渡口，他們已經先做鳥獸散。因為學習華文被逮捕的話，是需要坐牢的。

泰國的華文教育從五〇年代開始就遭到嚴禁、扼殺，足足被封閉了半個世紀。雖然如此，華文畢竟是華人的命根，是從來不那麼容易被根除的。儘管泰國過去的各個政府都對華文教育不懷善意，嚴禁公開教導，但是民間依然有家長聘請家教教導華文的風氣。當年檳城的韓江與鍾靈中學有不少泰國華裔子弟求學。他們的家長，就是絕不低頭的華文教育忠堅份子。

幸好，這樣的悲傷歲月已經隨著他真河水流逝了。時局如棋局，詭異莫測。隨著中國的「和平崛起」，國勢興隆，提供無限商機，泰國政府近年來迅速作出不少配合的政策，華文教育的開放就是其中一個巨大的轉變。我在曼谷坐的士，和司機閒聊，他用本生熟的英語告訴我，為了應付中國旅客的蒞臨，政府晚上還開辦華文班讓司機就讀。目前華文已經取代英文，是泰國人最想學習的第二語文。

也就是在這樣的大環境之下，網鑾健華小學教育促進會（相當我們的董事會）的理事們過去數十年堅持的理念，終於有了良好的回報。我們抵達健華的校門，看見泰文底下的十二字校訓：「學習好‧華文好‧紀律好‧品德好」。真有無限的感動。根據校長李揚生的報告，他們的學生從前幾年的兩百多名增加到八百多人。我們巡視一圈，發現小禮堂、圖書室，甚至學校旁邊的齋堂也借出兩間房改為臨時教室。健華小學的學生爆滿，最主要原因是每一天都在午後教導華文兩小時。不但附近耕農將孩子送來就讀，甚至遠自曼谷也有家長將孩子送來學習華文。原來健華有一個輝煌的歷史，他們過去已經培育了兩百多名華文教師，散佈國內各個角落。目前，健華有一百八十名寄宿生，學生中又以泰裔多過華裔。

健華小學雖然是公立學校，但是政府只給部分津貼。老師的薪水以及學校的建設，都需要靠外來的贊助。這些都是沉重的負擔。不過，他們的校友，有很多離開網鑾後，依然心繫健華。他們在曼谷賺了錢，就呼朋喚友，一起回家鄉辦母校。陪我們參觀的校友陳炎堅，十四歲就離開健華，但是一擲千金，目前正興建中的五樓校舍，他就捐贈五百萬銖。安排我們參觀健華的陳靜兄，以前將孩子送來檳城韓江學華文，今年已經七十多歲，和健華毫無瓜葛，卻樂意在曼谷替健華找贊助人，因此倍受當地人的敬重。

陳靜兄是政府的國策顧問。他告訴我們，經過好幾年的爭取，明年開始，全國一百多間華文學校將可以選擇以華文為媒介語教學。一路讀上去，在當地大學念完二年，最後二年就可以免費進入北京大學深造。目前在泰國要學習華文已經沒有政治的障礙。和一九四八到一九四九年的白色恐怖比較，真是不可同日而言。唯一必須克服的問題，就是華文師資。他們每一年都會派送一千名學生到中國受訓成為華文老師。

華文教育在東南亞的發展一向崎嶇坎坷，時起時落。能夠生存，靠的是許多無名英雄的堅持與忍耐。離開網鑾，驅車向佛統出發參觀世界第三大的佛塔，路上看見一池荷花在午後的陽光間搖擺，煞是美麗。花開花落是自然的韻律。一切的教育都如花朵自由綻放，才能夠發揮人的極致。

啊，雅加達（上）

一

雅加達有什麼好玩？朋友都有這樣的問號。

當我們的車子給堵在雅加達的大道上，我不禁替這個白天人口有一千五百萬，車子一千萬輛的大都市感到不平。這是一個被世界上不少人誤解誤讀的城市。許多人都認為，印尼是一個貧窮，髒、亂、臭的國家。我們能夠在那裡看見什麼？不到雅加達，不知道她的蓬勃商機。沒有參觀過她的景點，不會知道原來印尼的文化是那麼細致。

朋友要到印尼開會，家人問：「你真的要去呀？」言下之意，那裡是一個動蕩不安的城市，為什麼要冒這個險呢？雅加達的朋友帶我們走訪曾經被炸開來的J.W. Marriot酒店及澳州大使館，一切已經恢複正常。

三十二年的鐵腕政治，印尼的財富任由幾個家族予取予求。幾天前的報導，英國法院下判，調查前任總統的女兒杜杜從購買英國製造的「蠍子」坦克獲取一千六百五十萬英鎊賄金的案件。蘇哈多一九九八年下臺，時代周刊替他掂算家產，共有三百五十億美元。印尼還會有前途嗎？印尼還是有用不完的得天獨厚的資源。她是落後，但是很有潛能。

印尼因為貪官污吏而貧窮，但是她的一小部分的人民卻擁有可以敵國的財富。看看Sudirman及Tamrin大道，左右兩邊有十二條車道，永遠塞滿各式各樣的交通工具。運送豐田Kijang（就是我們的Unser）的貨車過去了，迎面又是嶄新的本田Accord疾馳而來。Sudirman大道旁的豪華公寓，最貴的可以賣到一個單位一百萬令吉。

這種氣勢，和我們從蘇卡諾哈達機場駛入雅加達市中心，街道兩旁所見的破爛木屋完全不同。屋子旁是烏黑髒臭的河流，居民竟然以黑河當成主要的水源。堵車是每一刻都有的景觀。車窗外總會有衣著襤褸的人向車內人伸手討錢。貧富懸殊，在印尼是存在已久的事實。要不然，他的子民也不需要離鄉背井，飄揚過海，到海外謀生了。

還未進入雅加達，以為到處都是盲流和蠻橫的原住民，因為有太多的非法印尼勞工在我們的國土上掠奪搶劫。出門前，朋友的女傭甚至告訴我們，她的朋友在怡保當女傭，合約完畢，帶了錢回家，才下飛機，就給洗劫一空。聽得目瞪口呆。事實上，在印尼購物商場內工作的原住民態度遠遠比我們的職員謙和有禮太多了。許多當地的華裔朋友都很樂意聘用原住民，因為他們聽話，工資低。一位一年經驗的女傭，薪水折算起來，不過一百二十令吉。大學畢業生，每個月的薪水是四百令吉。當地華裔，家裡有三個女傭並不奇怪：一位專司照顧小少爺、小公主，一位掃地，另外一位掌廚。為了溝通，全家的印尼語流利無比。

雅加達有什麼東西好買？不管誰是這種自大的夜郎，來到印尼的購物廣場，一定後悔講過這樣的話，因為這裡的購物廣場，並不比One Utama小。世界主要品牌，吉隆坡有的，她都有。她有的，KLCC有嗎？很難說。雅加達有五家大型的Sogo百貨，十三間家樂福（Carrefour）。這裡還有一個富豪的現象。司機將主人送到購物中心的門口，就到停車場等候。主人購物完畢，心滿意足地走到門口櫃臺前交待一聲，服務小姐通過播音系統報告，司機馬上就會出現在眼前。像牛仔吹一聲口哨，千里馬就呼嘯而來。

有一位從吉隆坡過去打天下的朋友說，他雖然三十多年來還是保留馬來西亞的國籍，但是並不想回來，因為吉隆坡太不安全了。真的！他目前住在一個華人的富豪區，完全沒有威脅感。一九九八年的動亂，他們聘用荷槍實彈的軍隊前後將住宅區包圍起來，沒有一個歹徒敢跨越雷池半步。在印尼，只要有錢，什麼都不相同。你有錢，去選購的商場都是售賣高級產品，怎麼會看見那些流氓？即使是泊車，賓士和寶馬一出現，自然有人給你安排最好的位子，和Kijang是完全不可同日而言。他是很隨和的人，語氣不疾不徐。但是他歎了一口氣：有時候太有錢也不好。因為沒有朋友敢接近你。

二

有錢或許真的比較少朋友，但是沒有人會拒絕成為有錢人，因為有錢實在是太好辦事了。至少可以給孩子們找一間符合心意的學校。

好朋友文慶剛抵達雅加達大開拳腳，為了安頓兩個在小學讀書的孩子，他拜訪了所有類型的學校。除了國民小學，他最後鎖定兩間：英國人與新加坡人辦的國際學校。英國人辦的，學費一個月五千令吉。新加坡那間比較客氣，第一年收六千美元，接下去每年三千五百美元。比念碩士還要貴，文慶感慨。他最後選擇新加坡人投資的Bina Bangsa School（培民學校）。最大的特色是有教導華文。

參觀培民，發現好像舉辦嘉年華會般熱鬧，學校的空地間不容髮，泊滿類似Kijang的客貨車，原來是載送求學的孩子、傭人及媽媽。食堂也另辟兩個角落：小女傭聚在一堆閒話家常，主人家則坐在另一邊談天說地。培民每級有四班，每班有二十五名學生，清一色是當地的華裔。上課前，小公主、小少爺赤手空拳走下車，小傭人將書包放在學校大廳，校方就會派人把書包提入課室。在印尼，當有錢人的後代實在享受。

印尼最大的危機在貪污。癥結在於教育。國家因為貪官腐蝕，即使上小學也必須付學費。對照馬國，讀書、貸書，甚至早餐，一應皆全，是全世界最幸福的民族。教育不普及，貪污不羞恥。沒有教育，貧窮的永遠貧窮，沒有力量翻身。好家庭的孩子，受教育的機會優越，成功機率更高。貧富之間的鴻溝日漸擴大，如不克服，動蕩在所難免。

啊，雅加達（下）

一

印尼富饒的多元文化可以在雅加達的六十三家博物館得以印證。我在雅加達停留三天，匆匆參觀了三間博物館。最遺憾的是錯過探訪時間，不能進入中央博物館，因為當地星期五祈禱日，上午十一點十五分就休息。中央博物館又名大象博物館，門口的銅製大象，是一八七一年暹羅皇朱拉隆功蒞訪時的贈品。館內藏有三十萬年前的爪哇猿人頭骨化石，以及滿者伯夷的寶物。我參觀的Museum Seni Rupa & Keramik（藝術與陶瓷博物館）及Museum Sejarah Jakarta（雅加達歷史博物館）就在鬧市中央，兩間博物館斜角相對，距離不過一百公尺。藝術與陶瓷博物館的前身是法院，建於一八七〇年。於一九七六年，由蘇哈多總統命名開幕。藝術與陶瓷博物館的主要收藏有三個部分：雕塑、陶瓷及繪畫，年代由十八世紀迄上世紀末。除了印尼主要藝術家的作品之外，也收藏中、日、韓、印度及東南亞國家的陶瓷。印尼的木雕一向聞名於世，在藝術與陶瓷博物館的走廊即擺放有高及六尺的現代木雕與巨型根雕。館內琳琅滿目的美術作品，都以創作年代展示，非常完整。其中有著名的華裔畫家李曼峰的《少女》，真覺意外。

雅加達歷史博物館本來是巴達維亞市政廳，建於一六二六年。於一九七三年才正式改為歷史博物館。樓下有五座囚室，每一個可以囚禁五十位囚犯。我必須弓身、縮頸，才能夠勉強步入黑暗的牢房。死可以從容，生受折磨才是階下囚的真正考驗。歷史館內收藏的兩萬三千五百件文物中，甚至有一千五百年前的石斧炊具與陶水罐。最多的是各色各類的桌椅，案櫃、床及武器，都是荷蘭殖民地時代的文物。博物館內另設圖書館，供市民進修。館內珍藏有一七〇六的《聖經》，封面由波羅蜜皮製成。

歷史館的壓迫感畢竟是非常難過的，絕不可久留。進入Museum Purna Bhakti Pertiwi（蘇哈多珍藏品博物館），那種感覺馬上消失無蹤。蘇哈多珍藏品博物館建立在寬闊的印尼縮影公園內，整個面積有二十多公頃，耗時五年，於一九九三年由蘇哈多開幕。博物館外形像五座墨西哥人的尖頂帽子。後來經講解員Kasih小姐解釋，原來它那尖起來的外貌是原住民祭拜神明時的米團造型。博物館的面積佔地兩公頃，只要走一圈，就會感受到這是一個幅員遼闊的國家。蘇哈多財富蓋天下，他最聰明的地方就是於在位期間，策劃建造了這一座博物館，並於第一層樓以兩萬五千平方米概括介紹他一生的奮鬥史。館藏一共有一萬多件，都是蘇哈多在位時，各國領袖贈送給他的精美藝術品，真是世界上各地的藝術精華，比浮羅交怡馬哈迪珍藏館更氣派。這個收藏館，室內寬敞，照明特好，是一個值得多次造訪學習的好地方。很可惜，我走訪三家博物館，只見到兩對參觀者。印尼人都忙於應付生活的壓力，教育機會也不普及，誰有閒情逸致看館藏呢？

倒是博物館附近的印尼縮影村還有些人跡。尤其是園內一座IMAX電影院，據說銀幕是世界最大，播放立體的影像。當天放映的是《尼亞加拉瀑布》，購買入門票的隊伍很長。我們坐在高處往下看銀幕上的火輪，順著瀑布洶湧的激流向下俯衝，的確膽戰心驚，有很強烈的投入感。沒有想到在雅加達有這樣的享受。縮影村和砂勞越與馬六甲的一樣，都是印尼主要的民族房舍，如峇里島、蘇拉威西島的南、北村。不過，他們做得更認真，更真實，而且可以乘搭吊纜車從空中俯瞰全國。

一下飛機就見到兩座雕塑矗立在停車廣場。印尼街頭隨處可見巨大的人體雕塑，多是神話故事的人物與歷史中的革命英雄，如蘇迪曼將軍。著名的獨立廣場附近有好幾匹拉著戰車奔馳的駿馬，根據印度教史詩〈摩珂婆羅多〉（Mahabrata）塑造，既虛且實，神采實在太好了。當然，廣場內，由蘇卡諾下令建造，一百三十七公尺石柱擎起三十五公斤黃金打造的聖火，是令人必須舉首仰望的巨作。尤其是在夜裡，五彩燈光投射下，使自由的聖火色彩變幻無窮，更加迷人。

也許是這樣的聖火，使印尼的子民對民主與自由永遠有說不盡的向往。一九九七年以來，他們示威、抗議，一個總統換了又換一個，總是在尋找合意的下一個。當天經過總統府，我們也見到一小撮人拉布條抗議，三輛裝甲車在旁嚴密監守。雖然在外面看，印尼一直動蕩不安，其實我們還是要佩服他們所擁有的言論自由。好像最近才結束的選舉，他們的報刊都能夠暢所欲言，也許是他們的出版准證並不需要每年更新，少掉一層約束。印尼幅員廣、人口複雜，所呈現的成熟政治意識，遠遠超越同時候進行選舉的臺灣。

二

穿過雅加達破落的木屋區，參觀臺灣的慈濟大愛醫院、學校以及安置原住民的六幢宿舍，好像來到一個神話世界。

醫院、課室和宿舍都是近年建立的鋼骨水泥多層樓建築。進入醫院大廳，只見數以百計的原住民正默默地等候醫師們的詢問與診斷。另一邊廂，當天剛好是小腸疝氣手術後的複診，男男女女數十人臥在床上，接受慈濟義工們慈藹的服侍。醫院環境明亮整潔，比一般醫院好得太多了。

大愛學校樓高三層，課室比我們的教室還要整齊。來這裡讀書的孩子，當然也是附近的原住民。因為慈濟人的扶持精神，讓這附近的孩子有機會接受教育，改變一生。臺灣的慈濟與印尼的原住民，風馬牛原不相及，但是如今卻拴在一起，為人類的共生共存提供一個很好的榜樣。行有餘而濟天下，為世界締造和平、美麗，真令人感動。

朋友說二〇〇二年這裡曾經有過一場大水災，蓄水池爆裂，水淹一個多月，沖毀不少窮人的家園，造成不少貧窮的老百姓流離失所。當地的慈濟人向花蓮的證嚴上人請示，上人立刻指示五管齊下，協助災民：抽水、消毒、義診、建宿舍、建大愛醫院。印尼的華裔富可敵國，在那一次的救災活動派上正確的用途。不及三年，宏偉壯麗的建築已經投入服務，帶給當地貧窮的居民無限的福祉和希望。這種無私的奉獻，已經非常接近烏托邦。

在雅加達這麼混雜、迷亂的惡劣環境，慈濟的出現無疑將淨化不少貪婪的肉身。如果參與慈濟的富裕華裔常懷柔軟心，時時作出無私的扶貧奉獻，當能縮短與原住民的鴻

覆舟山與安可隆

印尼的萬隆，是雅加達與泗水之後第三大城市，印尼人暱稱花城。從雅加達乘巴士直驅萬隆，只有一百六十公里，但是車子走了六個多小時，因為必須翻山越嶺，經過人山人海的避暑勝地Puncak（峰頂）。二十多年前曾經在印尼念書的馬來朋友墨哈末在我出門前提醒：「多帶衣服，萬隆會冷。」哪知道，在萬隆那幾天，陽光無限明媚溫暖。時代不同了，冷冷的萬隆已經是過去的名字。她就像歷經冬天，如今開始進入春季。

萬隆因為一九五五年的亞非拉會議，聞名遐爾。因此，亞非拉會議的紀念館成為旅遊萬隆的主要景點。其實萬隆的景點，何止亞非拉館呢。文友們帶領我們參觀的覆舟山及安可隆音樂表演，都很特殊，非常吸引人。

覆舟山離開印尼的萬隆市，有好一段山路。山高一千八百三十公尺，兩旁有大片的松林，路段陡斜狹窄，大型巴士上山頗為吃力。如果抵達萬隆，沒有上覆舟山，是絕對遺憾的事，因為覆舟山是難得一見的活火山。

關於覆舟山的傳說有幾個版本。有一個家庭，夫妻和小兒子三人，原來過的是很平靜的生活。有一天，男主人翁不小心，犯了大錯，被罰為一條狗，保護母子二人。可是，做兒子的不明究理，卻將那條爸爸狗給殺了。做母親的當然既心痛且憤怒，將兒子趕出家門。過了十多年，這兒子長大成人，在一個偶然的機會，竟然一見鍾情，愛上了親生母親，因為母親法力無邊，永遠青春常駐。當然，母親知道誰是自己的親生兒子，怎麼允許得了這種亂倫的事發生？她當下就出一個難題，要這個剛剛進入青春騷動期的男生在一夜間挖一個湖，還要有一艘船在湖上航行。說來也奇怪，這小男生竟然也懂得法術，一夜未盡，他的船就快造成了。這下媽媽可心急了，也顧不了承諾，一腳將船隻踢翻，就成了今天的覆舟山。

這個故事很微妙。如果從一個民族的傳說可以探討她的人生價值觀，那麼故事裡頭的狗是非常有意思的。主人翁因為犯錯，所以被處罰成狗，永遠忠貞地護衛家庭。它既然有重要的角色扮演，當然就不得隨意給屠殺。所以小男孩的錯殺，是不被原諒的。

印尼民族不忌諱談狗，也許因為這個故事是屬於山地原住民，完全沒有受宗教信仰的約束。也因為是屬於山地原住民的故事，所以能夠有兒子愛戀上親生母親的大膽設想。而母親不顧承諾，腳一踹就將船踢翻，固然是害怕兒子犯大錯，也很幽默地反映，做母親的就是有這麼大的耍賴特權。

火山口約有五個足球場般寬大，在我們腳下十公尺左右，可以看見柔軟的灰色泥漿還在冒細煙。空氣間有頗濃的硫磺味道。因為是在高原上，四周的氣候相當涼爽。火山口對面的山腰間有薄霧纏繞，添上幾分嫵媚。這麼難得的景色，有關當局只是在火山口四周以木條隨意圍柵。倒是火山口附近，左右兩旁設置了不少攤格，出售當地的手工藝品，如竹筒樂器Angklung，牛角製作的大湯匙、樹皮製作的書簽以及鮮豔的火山碎石項鏈。售貨員的態度非常友善良好。來到火山口，當然最普遍的就是各種造型的火山石。寶藍、翠綠、紫紅，色彩繽紛，造型特美，價錢優惠，真是令人愛不釋手，只是太沉重了。我走到火山口最可能的底層，檢了一顆赭黃的小石頭，也算是一個紀念吧。

萬隆的Angklung音樂館給我們一場別開生面的演出。音樂館是Angklung音樂學院的表演廳。為我們表演的學生，浩浩蕩蕩有整百人，年齡最小的只有四歲。他們開始為我們表演的是當地的Wayanggolek，類似木偶戲。接著，又有兩名十歲左右的女娃戴上色彩鮮豔的面具，表演由印度文化演變而來的戲劇。

音樂廳的建築采開放式，沒有圍牆，是典型的印尼傳統結構。當孩子們呈現完畢節目，每一名觀眾都獲得分配一件Angklung。經指揮點破，才知道原來每一把樂器都有一定的音階：Do、Re、Mi、Fa、So、La、Ti。只要抓住竹筒抖動，音樂就自然流瀉，非常原始。我們一共有將近兩百人提著兩百把樂器，在指揮的領導下，竟然能夠共同奏出〈友誼萬歲〉及貝多芬的〈快樂頌〉等優雅曲子。五湖四海的華裔作家，那麼異常的歡樂演出，真正印證音樂是跨越國界、民族與宗教的。

今年的聖誕節前夕，謠言滿天飛。西方媒體更言之鑿鑿，說雅加達將會有爆炸案發生。但是一切過去，雅加達平安渡過平安夜。在回教極端份子的騷擾下，印尼未來的日子的確會動蕩不安。印尼是一個天然資源非常富饒的國家，可惜受政治與經濟的困擾多年，貧富不均，社會常有騷亂，造成發展不能平穩前進。蘇門答臘最近的地震與海嘯，千萬人在刹那間由人間消失固然是令人悲痛，地震邊沿的亞齊政局更是一座活火山，隨時可能引爆。

印尼人口超越二億，比兩百把Angklung難以操控。印尼人民與領袖應該如何智慧互動，是很大的考驗。

在海德公園跑步

最近有一家產業公司要在國油雙峰塔附近開闢住宅區，強調該區的地皮雖然昂貴，每方尺一千令吉，但是和英國海德公園一帶每方尺一萬四千令吉比較，真是便宜得太多了。

乍聽之下，的確是有很大的差距。但是我們卻忘了，一萬四千令吉，折算起來，不過是倫敦的二千英鎊。我的學生在倫敦的餐館工作，一個月也有千多英鎊，不會輸給吉隆坡的酬勞。而且倫敦是名副其實的國際大都會，人文素養更遠遠超越吉隆坡。徒有華麗典雅的外型，想要看一幅像樣的美術作品都難得一見，我們如何與人相比呢。

湊巧上個月在海德公園附近住了一星期，至今還不能忘記那段美好的假期。我當時住的Berjaya Eden Park Hotel，是馬國成功集團擁有的旅店。早上起身，迎著料峭的寒風，只要跑五十步，就進入海德公園和肯辛頓公園的範圍，真是無比的歡暢！海德公園很寬闊，有六百多畝；它和肯辛頓公園比鄰，沒有分界。兩個公園合起來共有一千多畝。

年輕人對海德公園已經沒有我們這個年紀的人那一種莫名的情意結了。住在伊甸園酒店的那幾天，我天天早晨七點鐘就穿起夾克到公園跑步。第一天早上，我和朵拉兩人像傻子一樣，逢人就問：「你知道Speakers' Corner在哪裡嗎？」讓我們失望又驚訝的是，即使是在路中央指揮交通的捲髮黑人，也聳聳肩，不知道。我們不禁嘲笑彼此，英語太爛了，雖然捲起舌頭，人家還是聽不懂。幸好問了三個人之後，碰上一個中年人猶疑地指向一個角落：「應該就是那邊。」原來，他不是英國人。是從德國來倫敦工作的。

我們遵循德國人的指示，找到了一個很空曠的草場，想想就是這裡了。是不是，也不管了，就當它是海德公園的演說者的角落吧。一時間，三十多年前在報紙上讀過的新聞都湧上心頭。在那個反越戰的時代、風起雲湧的時代、頹廢的時代、嬉皮士的時代、激情和奉獻的時代、正義和強權對峙的時代，海德公園的盛況是如何的空前絕後呢？南越雖然離開我們很遠，但是每一顆美國丟擲下去的燃燒彈都觸動當時年輕的心弦。世界各地的年輕人，自古以來都是一樣的，充滿正義和仁慈。即使是主戰國美國和盟友英國的年輕朋友，一樣不能忍受政客為了自己的利益而狂轟爛炸。在那個反戰的年代，海德公園扮演的角色，影響是多麼的深遠呀。

但是，這樣熱血沸騰的年代已經久遠了。

在海德公園的第一個早晨，Speakers' Corner前面的空地上，有無數的鐵欄杆一堆堆地交疊著是盛會已過，一地的寥落。原來前一天正好是黛安娜皇妃的忌辰，此地有盛大的慶典。在不遠處的肯辛頓公園，黛妃的子民們給她建了紀念噴泉，前一天由伊麗莎白女皇開幕。可惜天不作美，開幕禮剛結束，就刮了一陣暴風雨，紀念噴泉都泛濫了，成為報紙上的頭條新聞。

海德公園和肯辛頓公園一樣，都植有高大雄偉的樹。最近讀溫梓川先生關於倫敦的文章，知道海德公園有巨大的桑樹，不知是這些嗎？大樹和大樹之間，有數十尺的距離，反而給了樹們充足的陽光，健康地成長。樹蔭覆蓋面廣，因此在海德公園內運動是非常舒服的。夏天的倫敦，早上四點多就天亮了。我們在七點鐘進入海德公園，已經有不少各個年紀、各種體型的人在柏油道上奔跑。即使是在繈褓間，做母親的也迫不及待將小孩放在推車上疾步推動。如此閒適、寧靜的環境，是多麼令人豔羨。小孩在這樣美麗的公園裡長大，已經比我們更早一步享受人間的陽光。

也許是後天的教育，也許是天性使然，英國人對公園真是情有獨鍾。我後來在倫敦市穿走，又看見好幾片綠肺。最著名的當然是白金漢宮外面的大草地，那些成排的大樹，一看就很傾心。而且，他們的公園都很大，即使人很多，也不覺擁擠。英國人當年管理檳榔嶼和太平，也開闢了植物園和太平湖，至今還惠益兩地的老百姓。只可惜，獨立以來，轉眼已過四十七年，市政局除了守業，並沒有創業，公園還是那個公園，每個星期天早晨來散步、奔跑的人，差不多快要將公園擠爆了。

雖然說英國的經濟不好，但是倫敦的子民過的日子可要比我們更有素質了。她的博物館彙集當年縱橫五湖四海搬運回來的世界奇珍異寶；美術館收藏的作品，由文藝復興到當代，琳琅滿目。圖書館的藏書，又廣又深，令人瞠目結舌。這一切，竟然都可以免費觀賞，遠遠比法國慷慨多了。因此，倫敦的國家畫廊、大英博物館以及大英圖書館，無時無刻都有絡繹不絕的人潮，真正達到國家畫廊於一八二四年成立時的宗旨：「要帶給一般大眾高尚的樂趣」。

到海德公園跑步，再去畫廊瀏覽曠世傑作。孩子們在這樣的環境中起跑，體格健康，人文修養也超越我們不止一個馬鼻。即使我們的地皮賣到一方尺一萬令吉，又有什麼驕傲呢。假日裡，谷中城和太陽廣場永遠都是人山人海，而且吃喝玩樂，絕大多數是年輕人。

夏天來到 La Rambla

誤打誤撞，走入La Rambla大道，讓我們措手不及融入巴賽隆納的狂歡脈搏。這時候的巴賽隆納猶值夏天，不但沒有酷熱，還覺涼爽，氣溫只有攝氏十六度。小學時候抱著懷疑背誦地中海獨特的天氣冬暖夏涼，原來真的是如此美妙。氣候漂亮、而且太陽到了晚上十點鐘還不肯下山，使到巴賽隆納一直處在亢奮狀態。

La Rambla的起點是卡達魯尼亞廣場，四周有栩栩如生的石雕塑像。大道中央的路面，是寬約百尺的步行街，真正讓車子奔跑的反而只有兩旁狹窄的單行道。大道寬闊筆直，全長二公里左右。天氣好，每一分鐘總有數不盡的歐洲人來歡渡嘉年華。

沿著大道走到終點，是美麗的海港，湛藍的海水就是名副其實的地中海。港務局旁邊五十米高的擎天一柱，頂端托起來的即是睥睨群雄的野心家哥倫布。蒼穹下，哥倫布的右手有力的指向前方，訴說的卻已是西班牙難以完成的心願。

從卡達魯尼亞廣場向哥倫布的紀念碑走下去，沿途都是樓高五、六層的石砌古典建築物。巴塞羅納曾被阿拉伯、羅馬以及法國占領，因此這些建築和歐洲大陸頗為相似，灰褐、莊嚴，而且非常整齊。如果仔細觀察，不難發現，歐洲人很深刻地把藝術融入生活。他們的門框和窗框特大，鐵花澆鑄得非常細致又有氣勢，是胸懷壯志的民族留下的輝煌刻印。在宏偉的樓宇內，一般店鋪的面積只有三、四十平方米，售賣的是相當精致的紀念品。

巴賽隆納孕育了現代畫壇四位怪傑畢卡索（Pablo Ruiz Picasso）、高第（Antoni Gaudi）、達利（Salvador Dalí）和米羅（Joan Miró），有取之不竭的藝術財富。我們的住所座落在La Rambla的支路，就叫達利客棧，小小的會客廳上還懸掛了達利那幅兩撇長胡子往上捲的滑稽圖像。

據說以版畫著名的達利因為太疼愛很會揮霍的老婆（本來是朋友的太太），在最後的日子裡甚至在空白的畫紙上簽名賣給畫商，以換取鈔票讓太太使用。這樣的愛情，真叫人不能置信。但是，話說回頭，巴賽隆納四位著名的藝術家，哪一個的行徑不是駭世驚俗呢？即使是第五位，航海家哥倫布當年也是反其道而行的。當時人家是東行開發馬可波羅的路線，他卻西航，找到了拉丁美洲。

客棧四周多的是售賣複製四位藝術家作品的精品店，雖然畢卡索聞名遐爾，賣得最多的還是高第的作品。世人皆知，高第以他未完成的聖家堂（Sagrada Familia）著名，因此巴賽隆納市內無處不是聖家堂的縮影，印在T恤、瓷器上面，或者出版日曆、紀念小冊子。高第還有一樣旅客必購的紀念品，就是七彩蜥蜴，不論走到那裡，都可以看見大大小小的蜥蜴爬在櫃臺上。高第的作品雖然奇特，但是很醜陋，不知道為什麼那麼多人喜歡。米羅的線條乾淨利落，顏色明亮，充滿童趣，卻比不上高第吃香。有一天我們搭地鐵從Diagonal站出來，迎面就是聖家堂怪誕的玉蜀黍造型。人在教堂下，恍惚間，有如置身魔幻境界。總算明白它為什麼那麼吸引人。巴賽隆納市還在為它進行擴建與修飾的工程，八根玉蜀黍至今才建立六根，也許就因為它太著名了。

繁忙的La Rambla人潮像茨廠街，但是沒有那麼擁擠煩躁。除了售賣手工藝品、書籍、花卉之外，也有挾藝而來的江湖客。他們或者表演雜耍，或者為人繪畫肖像。其中有一位華婦，將洋人的名字翻譯成漢字，再加藝術處理寫下來，就可以收取一份五歐元，生意還蠻好的。有一位取巧的表演者扮演成劊子手，檔子才開，竟然真的有一位小孩付了五歐元，將頭套上絞索，扮痛苦讓祖父拍照。這些表演者，極有可能是當地的戲劇系學生，因為La Rambla大道旁，就有兩間戲劇學院。其中一間門口還矗立了卡達魯亞戲劇之父Frederich Soler的塑像。

表演者附近多的是露天的餐館，每一家都有瓦倫西亞著名的Paella。我們很好奇，找了一家華人經營的餐館叫了一客Paella，發覺它很像我們的瓦煲飯，只不過是用平底鐵鍋烹煮，加上鮮蝦、蘑菇及當地的作料。一盤Paella，值十五歐元。換成吉隆坡瓦煲飯，撐都撐死了。別小看這盤飯，我們在機場商店還看見連鍋加米及作料的Paella一起發售呢。

La Rambla的三街六巷更有無盡的典雅，讓人感到驚喜。第一天中午在街上走著，發現酒吧間內高懸一隻隻的豬蹄膀，如肯肯舞娘彈踢的玉腿，煞是誘人。次日清晨，不知不覺，來到整齊光潔的Mercadode La Boqueria巴剎，才知道原來就是當地著名的火腿。深藏小巷的蠟像館旁，有一間酒吧的大片玻璃櫥窗內，竟然是數百隻蚱蜢和螳螂摺紙。再轉一個彎，又有一間店鋪讓人流連不走，因為賣的是可以讓疲累的旅人躺下來的吊床。是不是當年哥倫布由聖薩爾瓦多帶回來的，就不得而知了。由小巷再轉小巷，人潮還是滾滾而來，正納悶間已經來到Placa Reial廣場，樓高五層，是一座口字型老舊廣場。其實也不是很特別，但是遊客就是那麼奇怪，心情特好，可以在其中一家著名的飯店門口排隊二小時，以一親芳澤。微涼的空氣間似乎彌漫著慵懶與浪漫，前後不乏摟抱熱吻的男男女女。

La Rambla盡頭，哥倫布塑像右邊再走三公里，就是巴賽隆納的博物館，當時正展出上海博物館的珍藏。世界在縮小了，上萬里的距離，竟只是咫尺之間。而且對中國人的偏見也變得微不足道了。再繼續走下去，一九九二年奧林匹克的競技場赫然就在眼前。你還記得嗎？當年的開幕禮上，神射手拉弓一射，聖火就熊熊燃燒起來。轉眼已是十二年了。

巴賽隆納是一個古典的城市。她的氣候怡人，交通便捷歷史幽遠，人文素養深厚。一九九二年舉辦奧林匹克開始，就積極現代化，將古典和現代融合得非常和諧。今年他們正在進行二〇〇四論壇（Forum 2004），慶祝完成十二年一個段落的建設。雖然陌生，卻能夠感受當地政府完成任務以後的躊躇滿志。La Rambla敢於天天狂歡，不是沒有原因的。

一隻沙丁魚的祭典

未足九個月，我又重臨西班牙，真是不可置信。

因緣巧合，說來就只因為一隻沙丁魚。

去年到巴塞羅納觀光，正逢夏末，秋高氣爽。夜晚十點，天空還明亮如白晝，行人來往如鯽，瘋狂購物、飲酒作樂、呈現藝術表演等等活動。對西班牙人民不愛睡覺只想狂歡的天性刮目相看。它遠遠和我們的生活習性不相同。也讓我回來以後，對人生的某一些執著重新觀照、調整。這裡畢竟是影響世界的浪漫藝術家畢卡索、達利、高迪、米羅，以及踏實的航海家哥倫布的出發點，只是匆匆走過，豈能不帶遺憾？

學校的軍樂隊在去年的全國賽獲得亞軍，就傳出教育部會選派我們出國觀摩。今年二月中旬，代表國家到慕迪亞的通知書果然傳真到我的桌面。

我們對西班牙的人文與歷史地理的認識實在太差了。慕迪亞（Murcia）？上網查閱，原來它位處依玻利亞半島（Iberian Peninsula）的東南面，離開西班牙首都馬德里三百八十八公里。它建都於西元八二五年。東面數十公里外是著名的地中海，常年陽光燦爛，平均氣溫攝氏十七點五度，因此有一個昵稱「歐洲的菜市場公園」。

原來慕迪亞每一年從耶穌復活節過後第二天，例常舉辦一個星期的狂熱節慶，「慕迪亞春季盛典」。西班牙曾經受回教統治七百年，每年齋戒四十天期間，都不可以吃肉，只能以西班牙盛產又難吃的沙丁魚代替。因此人們在艱苦難熬的齋戒降臨前，就盡情吃喝，熱舞狂歡。馬德里還在「聖灰星期三」（Ash Wednesday）舉辦埋葬沙丁魚的祭典。據說慕迪亞這個節日起源於一八五一年，當時一群大學生為了超越馬德里的慶典，決定組成一支盛大的送葬行列，有花車、雜技、民族舞蹈、化妝舞會、樂隊表演，在象徵禁食禁欲的沙丁魚模型的領導下，鑼鼓喧天，穿街過巷。節目達到高潮，以焚燒沙丁魚的模型為終結。因此這個春季盛典也叫沙丁魚節慶「La Sardinas」。

我們一群師生七十九人，兵分三路，轉過羅馬再轉馬德里，或者轉過巴黎再轉瓦蘭西亞，或者轉過法蘭福克再轉馬德里，離開國土三十小時後才抵達慕迪亞。疲累當然在所難免，但是都給興奮取代了。

慕迪亞對我們是完全陌生的城市，但是站在她的街頭，仰望整齊樸實的建築物，一股屬於歐洲的人文氣息自然沁入心頭。這是歐洲各大城市獨具的味道，巴黎如此，巴塞羅那也一樣，真不知如何說起。是街上初綻的綠芽嗎？還是街頭巷尾的古典教堂呢？有一位學生說：這裡真美，真想到來讀書。人文氣息能夠在料峭的初春時分隱隱的調節了孩子的思想，真是意料不到的收獲。

我們在慕迪亞一共住了五個晚上，除了抵達那晚，每一個黃昏主辦單位都安排我們領隊出遊。在我們的軍樂隊後面是一條長龍，有雜技表演、各式花車、民族服裝、民間傳說人物以及各國的銅樂隊。鑼鼓聲、哨子聲、吵雜的音樂，敲敲打打，只求歡樂不講音樂的精準。雜音穿越市中心的大街小巷，十足西班牙人的樂天性格。

這四天的街頭遊行，讓我對西班牙人又多了一層認識。西班牙人愛玩、樂觀、開朗，是非常典型的。每個黃昏，幾條主要的街道由六點鐘開始封鎖，工作人員即在街道兩旁排列可以折疊的木椅子。這些都是流動的座位，每個位子可以賣到五歐元。那四天遊行，差不多每一天都有數十萬觀眾，大家坐在椅子上非常有次序的觀賞。站在椅子後面的群眾也非常有禮貌的和表演者打招呼。

最後一天的盛典，場面空前熱鬧。慕迪亞市人口有四十萬，但是當晚的觀眾卻遠遠超出一百萬。西班牙國營電視臺TVE和日本電視臺都參與直播。警車開路，我們緊跟後面，帶領數以千計的表演者，一路走了三個小時。我們收隊以後，後面還有各式各樣的熱情舞蹈，一直鬧到凌晨一點多鐘。設置在Segura河畔的沙丁魚模型被焚化成灰，歡樂才暫告一個段落。

當天晚上寒意侵人，路旁的廣告板上標志攝氏十三度，但是孩子們都因為掌聲不絕而奮力以赴。吹奏西班牙鬥牛歌曲一向是孩子們的拿手好戲，這一次正好派上用場，果然成績斐然。每當El Gato和Galito一吹起來，群眾就歡呼尖叫，有者更聞歌起舞，給孩子們十足的鼓勵。之前的夜晚，我們受邀到一個盛大的宴會表演，只吹兩首鬥牛歌曲，夜宴的紳士淑女就情不自禁進入狀況，跳起熱情的舞步。

出國之前，雖然政府撥款十九萬令吉，我們還須忙於奔波籌款，得到鄉親父老支持八萬及家長資助的十五萬，幾經奮鬥，才能成行。回想起來，這筆巨款用在孩子們身上是太有意義了。有一個孩子發表感想，「來了西班牙，受到了肯定，使我敢於將鼻子抬高。」我們白天所到之處，常有當地父老趨前對我們豎立大拇指：Malasia！別的不說，至少有一百萬個群眾見證，一間來自Malasia的Nan Hwa中學，曾經在西班牙的國土上吹起他們的歌曲，給大家帶來歡樂，也給自己增強了自信。孩子們就像初春掛在枝椏間的花蕾，經過這一次的旅程，一定會綻放美麗的花朵。

啊！Guernica！

據說，巴黎淪陷的時候，德國軍搜查畢卡索的畫室，看見Guernica，便問畢卡索：「這是你的傑作嗎？」畢卡索輕蔑地回答：「不是，這是你們的傑作！」

如果說這一次陪七十八位師生到西班牙演出之外，還有什麼心願？蘇菲亞博物館就是我的終極目標。蘇菲亞博物館門口有一柱巨大的仙人掌，頂端有一顆紅星。它和皇家音樂學院緊緊相鄰，美術和音樂相得益彰，馬德里人真幸福。更幸福的是老師和學生，我們竟然可以免費登堂入室，參觀世界級的名畫！

去年我在巴塞羅那參觀畢卡索博物館。該館由五座古典的巨宅銜接組成，九彎十八拐，氣勢宏偉，收藏二千多幅由畢卡索以及他的遺孀賈桂琳・畢卡索（Jacqueline Picasso）於一九八二年捐贈的不同時期的傑作。在畢卡索的博物館內，我第一次看見畫家於一九四九年受共產黨聯盟（Communist Union CGT）之托，為史達林七十歲誕辰祝壽，畫了一幅右手舉杯歡慶的圖畫。上面提Stalin À Ta Santé。此外，畢卡索還曾經於一九四八年參與在波蘭華沙舉行的維護和平知識份子大會。他為好朋友Paul Eluard畫鴿子紀念，後來成為世界共同接受的和平象徵。館藏非常豐富，唯獨少了一幅Guernica，難免有點惆悵。

世界上所有熱愛現代藝術的人都知道，畢卡索的格爾尼卡（Guernica）就是蘇菲亞的鎮館之寶。一踏入蘇菲亞博物館，大家拿了一張平面圖，就按圖索驥，摸上二樓，第六號畢卡索展覽廳。此廳一共有三間，占地最廣。啊，Guernica就懸掛在牆壁上面！此時正有數十名觀眾正在聆聽講解員的解說。我拉長耳朵，只好歎息，因為對方說的是西班牙語。

儘管如此，也沒什麼關係。因為Guernica實在太著名了。大家都知道畢卡索創作這幅圖畫的背景。Guernica是一幅畫在畫布上面的巨型油畫，面積349.4 × 776.6公分，約為二十七平方米。它於一九三七年面世，經過無數次世界巡回展出以後，始於一九九二年，被送入蘇菲亞博物館珍藏，並於一九九五年正式拆開玻璃，以原來的面貌與世人見面。

Guernica面前，有一位學生悄悄對我說：「我雖然不明白畫家的用意，但是可以感覺他的悲傷。看了很不舒服。我不想看了，可以嗎？」這句話讓我大吃一驚，圖畫的感染力是這麼強烈和直接嗎？悲憤、殘酷、控訴、反抗，的確就是畢加所創作這幅圖畫的動機。

一九三六年，畢卡索正在巴塞羅那巡回展出。當年七月十八日，受德國納粹支持的佛郎哥政權在摩洛哥發動推翻共和國的政變，西班牙從此陷入水深火熱的內戰中。一九三七年四月二十六日，德國軍和佛朗哥軍隊對Guernica狂轟亂炸，殺死村內一千六百多人。Guernica人口七千，只是一個與世無爭的歷史小城，為什麼造反的軍權如此殘酷凶猛？

畢卡索當時受到共和國政府的委托，與達利及米羅三人負責為巴黎國際博覽會的西班牙館設計。這個駭人聽聞的消息忽然傳來，激發了他狂熱的創作激情和正義的力量，馬上將他的憤怒和悲傷轉移到畫布上面。

畢卡索是一個繪畫風格多變、題材多樣化的畫家。雖然如此，從藍色時期（一九〇一年）到粉紅色時期、原始時期、立體主義時期、新古典主義時期至變形時期（一九三五年），一向沒有畫過戰爭的題材。因為殘酷的戰爭，使畢卡索的靈魂升華，創作Guernica這樣一幅和之前完全不一樣的作品。很明顯的，在這一幅巨畫（25 × 11尺）中，他企圖以史詩似的悲壯來感動參觀者的每一根神經。此外，畢卡索也第一次運用象徵主義的表現手法創作這幅圖畫。

Guernica原畫以灰色及黑白構成。畫的正中央，是悲鳴的馬，代表受到踐踏殺戮的人民；馬身底下橫臥的是身首異處的兵士，他臨終還緊握一把斷劍；左邊歇斯底里仰天哀號的婦人，手中托起來的孩子已經命喪戰火中；是誰造成她的哀痛呢？當然是她頭上那一匹凶狠的暴牛！這一段時期，畢卡索畫了不少凶殘的牛和哀叫的弱馬，以象徵強權與弱勢。值得留意的是，儘管右邊的人也是驚惶嘶喊，畫中央卻有一盞油燈照亮了地面匍匐而來的亂民，和斷劍旁的小花。

這幾天來，孩子們都知道我念茲在茲的就是這一幅圖畫。離開博物館，有一位學生問：「老師滿足了嗎？」我轉頭看看有幾位學生購買解說Guernica的專書，不禁微笑。他們一定是不滿足我簡短的解釋吧。

且為皇馬瘋狂

一大票人走在馬國駐西班牙大使館的路上，忽然發現皇馬足球場。男孩子們都興奮莫名，尖叫起來。對面的Burger King，一個漢堡五歐元；一張入門參觀皇馬足球場的門票九歐元，他們比較了一下，還是寧可餓一下肚子，看皇馬！我一向對用腳控制、橫衝直闖的球類不感興趣，但是受到孩子們的感染，也一馬當先，跑在他們前頭。

是的，皇馬雖然不是天下最好的球隊，但是它在每一個時段都能夠緊扣那一個時代的年輕人。今天的男女，誰不迷David Beckham？就像曾經協助皇馬三奪歐洲聯賽冠軍的天才小子Raul一樣，十七歲那一年才亮相，就風靡天下。還有Ronaldo，以及更早的阿根廷天才A. Distefano、S. Bernabeu和Prast，每一次他們的出現，都能吸引瘋狂的各個年齡層。

皇馬，皇家馬德里足球隊的簡稱，西班牙寫法是Real Madrid。它在一九〇二年三月六日成立時，名稱是馬德里足球隊，就已經嶄路頭角。白色T恤和白色短褲，以及精湛的球藝，馬上令人刮目相看。雖然起步的第一年，敗給此後的宿敵巴塞羅那，沒有斬獲，但是由一九〇五年獲得第一次全國性足球賽冠軍以後，一九〇六及一九〇七年又將冠軍寶座緊緊扣住，從此就在歐洲足球壇上插下難以動搖的標竿。它的輝煌史包括：二十八次西班牙聯賽冠軍；十七次西班牙國王杯冠軍；九次歐洲聯賽冠軍杯冠軍；六次西班牙超級杯冠軍等等。

翻開皇馬的一百年歷史，每一代都有叱吒風雲的足球明星，其中最傑出的球員和策劃人應該就是S. Barnabeu。他在一九一二年效勞馬德里足球隊，後來成為球會主席，東征西討，立下不少汗馬功勞。馬德里足球隊表現優越，終於在一九二〇年六月二十九日受國王賜封為「皇家馬德里足球隊」。S. Barnabeu最大的貢獻是於一九四三年，第二次世界大戰期間，購買今天皇馬足球場的場地，並且在大戰過後將巍峨大廈建立起來。為了紀念他，大家都尊稱他皇家馬德里之父。我們參觀的皇馬足球場也叫Barnabeu球場。它於二〇〇二年夏天全面翻新，百分百天然草皮之外，南面以一千七百萬根人造纖維加強，使它更穩定，易排水、少維修。

入皇馬球場，個人票價是九歐元。但是團體票每人只需要四歐元，老師免費。孩子們因為省下一個Burger King而高興不已。參觀的程序很簡單，查票員確定我們的票據後，就指示我們乘電梯直上四樓。走出電梯向下望，原來這裡已經是最高處，可以一目了然，看見Real Madrid C.F.打印在觀眾席上。興奮的孩子馬上擺甫士拍照，將Real Madrid C.F.攝入鏡頭。這是我們每一次球賽時螢幕上所見的實景呀！

工作人員再一次上來，又將我們用電梯送到底樓。眼前豁然一開，翠綠色的草地，不就是David Beckham等人馳騁的戰場嗎？剛剛我們從上面望下來的Real Madrid字樣，看得更加清楚了。就是這樣的一片草地上面，全世界數以億計的男男女女、老老少少為它癲狂。西半球的夜晚是東半球的早晨，球賽進行的時候，誰還去管他時差的影響？摸黑看完球賽，已是公雞啼曉。次日早晨，雙眼浮腫、神情恍惚到辦公室上班，都是因為這一片草地上的激烈戰事！在初春的陽光底下，綠色的草地發出誘人的色彩。我正想跨越座位去感覺草的溫柔，忽然哨子聲尖銳響起，原來是守衛的女士警告另一班觀眾。

我們沿著指示向前拐轉了一段腳程，才發現原來主辦當局別有用心，為觀光者設想得非常周到，好讓我們穿過球員們的洗澡間、廁所、水力按摩浴池，以及更衣室。球員準備妥當，只要走過一條通道，前面就是名和利廝殺的戰場了。當前的世界，最教世人癲狂的球類比賽，非足球莫屬。二十二人在美麗的草地上拚搏的，可是大街小巷數以億萬計的生意。達官顯要、市井小民，同樣會在足球的季節忘我癡迷。

即使是短暫的參觀，也一樣會感染球賽時那驚人聲浪的呼喚。一眨眼，孩子們早就脫掉外套，擺好姿態如出柵的老虎，手臂勾手臂、肩頂肩拍照留戀。當然，一支良好的隊伍，總是需要出色的教頭。環顧四周，別無他人。老師又何必謙讓呢？來到皇馬球場，沒有想到，我會和學生們擺出這樣的姿勢。是的，青春原來是可以傳染的。

於戶外的球場滿足了假球星癮，再向前走，就是皇馬一百年來的輝煌史展覽館。走廊兩旁，擺設的是過去一百年來，皇馬的戰略品，大大小小的戰杯，琳琅滿目，令人目不暇給。最令人感慨萬千的還是長廊上鑄刻著百年來數以百計的皇馬悍將圖片。想當年，這些驍勇善戰的大將，在草地上飛馳，世界上哪一個角落沒有為他們如醉如癡的球迷呢？滾滾長江東逝水，浪花淘盡多少風流人物！最美好的及最惡劣的，都已經成為過去了。

三見畢卡索

看過了Guernica和畢卡索的立體透視時期的作品，我滿意地離開了蘇菲亞美術館，也告別了西班牙。什麼時候會再來？一萬公里的旅程，真是欲說還休。

不管如何，我是很滿足的，因為除了格爾尼卡，我在西班牙前後見過畢卡索的原作三次，為數數千張。這是我在中學讀書時期，聽見畢卡索的名字以後，絕對沒有夢想過的機緣。

畢卡索是一個創作力非常旺盛的藝術家。除了一九三五年第一任妻子Olga帶著兒子保羅離他而去的冬天傷心無法提筆，可說沒有一天停止創作。而且，畢卡索很健壯長壽，活到一九七三年，以九十二歲的高齡逝世。因此他的繪畫風格雖然經歷過無數次的蛻變，從少年時期紮實的寫實風格進入後期的田園時期，每個階段都留下難以估計的繪畫、陶器、版畫與雕塑作品。報告說他遺產中就有油畫一千八百八十五幅、素描七千零八十九幅、雕塑一千兩百二十八、陶器三千兩百二十二件，版畫數萬張。

畢卡索雖然在西班牙東南小鎮馬拉加Malaga誕生，卻在巴黎成就一生的名利。在西班牙，巴塞羅那Barcelona是畢卡索斷斷續續住過最長久的地方（一八九五至一九〇四年）。這期間，他進出馬德里和巴黎，從學院生到唾棄正規學院訓練，以及進入表現悲傷與受難的藍色時期。畢卡索的成就睥睨藝術界，巴塞羅那市政府當然不會錯過機會表揚。他們先是在一九六三年為畢卡索建立一座美術館。後來當地望族之後又耗費巨資修建數座十三世紀大宅，捐贈市政府成為今天的巴塞羅那畢卡索美術館。

美術館座落在一條窄小的巷子，雖然一幢一幢的四方形建築外面，緊貼牆壁有石梯直達庭院，頗有特色，起初還真小看了它。待到進入，才體會庭院深幾許的味道。入門票分二部分：永久展示館及臨時展出廳，每張五歐元，一起參觀是八歐元。巴塞羅那應該是畢卡索難忘的城市。他生前曾經不間斷地捐了不少作品給該館，於一九七〇年捐了一千七百多件。他去世後，遺孀賈桂琳・畢卡索（Jacqueline Picasso）又捐贈一大部分作品，其中包括雕塑、陶瓷、版畫，使到巴塞羅那畢卡索美術館是當今世上收集他的作品最豐富的其中一間。

巴塞羅那畢卡索美術館展出很多畢卡索早期的作品。比如：一八九六年的《初次領受聖體》、《漁夫》、《父親》、《母親》，及一八九七年的《科學與恩寵》，都是該館的珍藏。仔細欣賞這些圖畫，我們會感到非常驚訝，一位十五、六歲的少年怎麼能夠繪畫出如此精致的作品？跟著這些作品的展出次序，我們就可以看見畢卡索不同時期的蛻變。從生活困頓創作藍色時期的憂鬱（一九〇一至一九〇四年）、遇上第一個情人費爾南德。奧麗維亞Fermande Olivier進入粉紅時期（一九〇五至一九〇六年）、再經歷原始時期、立體主義、新古典、變形、表現、田園各個時期，都各有收藏。

我也在美術館看見，畢卡索於一九五〇年美國攻打朝鮮時所畫的抗議帝國主義的作品。原來畢卡索在一九四四年就加入法國共產黨了。也難怪他會畫乾杯圖向史達林祝嘏了。這一位玩世不恭的畫家，他的政治關懷還真出人意料的強烈。其實，臨時展示廳的作品主要是反映畢卡索的反戰精神，主題也環繞一九三七年的Guernica，創作經過。該館又另闢一個空間，特別展出畢卡索的和平鴿草圖，讓我們明白一九五〇年第二次世界和平大會召開，口銜橄欖枝的鴿子圖是怎樣演變出來的。

在西班牙小城Murcia看見畢卡索一系列的《Suite 156》素描，則是旅遊人文氣息非常濃厚的歐洲信手拈來的收獲。

有一天早上，帶領一班學生參觀Murcia城內的菜市場，見識當地的臘肉豬腿、透明的大紅蝦以及碩大的瓜果後，按圖索驥找到了Casa Diaz Cassou美術館。館外的布告欄上面展示的《Suite 156》海報，竟然就是畢卡索的作品！猛打一個照面，這一批素描，不就是類似三十多年前在《海洋文藝》讀過的插圖嗎？記憶中，有一幅素描是一個牛頭人身的赤裸男人，及一群裸女在廝混的圖景。幾十年後，竟然在原作者的原鄉讓我碰上了。人生的際遇是何等奇妙啊？

《Suite 156》展出的作品有上百件，是Bancaja銀行基金的珍藏品。創作年代集中在一九七〇至一九七一年。兩年後，畢卡索就以九十二歲高齡去世了。因此，這一批作品，可以說是畫家最後的遺作。

畢卡索早在一九二〇年就畫過一批神話人頭馬身怪獸聖陶（Centaure）搶劫裸體女人的素描。他一向不避忌表現情色的構圖，而且有不少作品都非常露骨。三〇年代，他又以吃人獸米諾陶（Minotaure）為主題，畫了一系列作品。米諾陶是天神宙斯的化身，他一對女人發生興趣，就會變成牛頭人身的怪獸強擄女人。那些赤裸素描，就好像狂歡的治戲正在進行。而且常常有一個人躲在幕後偷窺或沉思。《Suite 156》一樣是男女赤裸混雜，有牛有馬，氣氛熱鬧。和他義正詞嚴的政治作品對比，有天壤之別。來到九十歲了，老人家還是那麼精力旺盛，真是稀奇。有人因此說他發瘋了。他是一個心理複雜的另外一個難得從芙蓉回來檳城的同學小戴，最近駕車進入檳島，不知不覺被那早已經改成單行道的路線搞得暈頭轉向。他的車子經過車水路，已經看見老家在眼前，偏偏就是轉不進去。他繞呀繞，繞了幾圈，孫子不禁置疑：「阿公，你真的是檳城人嗎？」

進入檳榔嶼有三個入口：巴六拜的機場、瑞天咸渡輪碼頭，以及檳威大橋。有很多初來乍到的檳島遊客，從檳威大橋進來一定會感到手忙腳亂，因為眼前忽然出現一條不知伸向何處的地下道，還未醒轉過來，已經來到有三條繁忙大道的交通圈，馬上又要做一個果斷的選擇。旁邊的日落洞大道最近正式啟用後，熟悉本地交通的車子如飛一般奔馳而去，更令遊客多一層迷茫。「歡迎你大駕光臨」的指示牌雖然「裡裡羅羅」寫得很熱情，誰還有心情去聆賞？

其實，這三條大道加地下道，都各有職守，且莫慌張。右邊一條走向年華老去的商業區，會引導你進入檳城的種種歷史古蹟。中間一條和隧道都指向一樣的方向，會平安的帶你走向聞名遐邇的海灘。左邊呢？就是檳城著名的電子工業區，也是未來的檳城布特拉行政中心。

老張長住夕眺灣，麵包車出了大橋來到交通圈，慌慌張張忽然向右一轉，不知不覺就進入海邊一帶的頭條路、二條路以至八條路，類似廈門街坊的老社區。他的誤打誤撞，已經闖入全國最考人駕駛技術的車道。發生了意外，他還能全身而退，我們都對他另眼相看，驚歎再三。

檳城的交通真的很難走嗎？其實不然。只要你在檳城住上一段日子，熟悉檳城人的脾性，就不會有恐懼感了。其實，檳城人都很友善隨和，雖然性情是急躁一點。當然，為了達到這樣的境界，作為一個過港人（因為你不是檳島誕生的），你就必須嚴格遵守幾項準則。

一、裝聾作啞

你會發現，檳城的司機和各城市的一樣，是頗沒有耐心的。車子到交通燈前面停下來，你的前後左右一定會有十多輛摩托車和腳踏車包圍著，請不要緊張，這是檳城的景觀之一。然後，你左邊的綠燈亮了，左邊的車走了。右邊的綠燈亮了，右邊的車也走了。對面的燈也亮了，對面的車也走了。這時候，你就要有心理準備，四周的摩托車、後面的汽車十之八九會按喇叭：「喂喂，還不走！」他們就是這樣熱心，義務做交通警察。你一定要假裝沒有聽見，如若無事一般，走你的陽關道。如果你沉不住氣，也按喇叭回敬，那，你自己保重吧。如果你的車子用的是外埠牌子，你更加要充分發揮裝聾作啞的精神。

二、低頭認錯

檳城人雖然未必有臺灣人的那種強烈的省籍情結，但是看不起過港車子的心態是存在的。我最近要售賣一輛車子，檳城的車商朋友都不敢幫忙，「因為外地的車牌，少賣一、二千呀！」

有一天，我在阿依淡開著車子，忽然後面一輛車子非常不耐煩的按喇叭，然後超過我的車前，猛然停下，走出一位兇神惡煞。「老的，你會不會開車？」那小子用食指彈彈車窗。「回去霹靂州吧，這麼慢。」我到檳城禮時，這小子不知還在哪個洞呢。他竟然以為我是過客！是可忍，孰不可忍！再三思量，看看他胸口發亮的粗金鏈，我還是選擇對他發出憐憫的笑容。

三、寬以待人，絕不怕輸

面積很小的檳城有三多：人口多、腳車多、摩托多。不管你是在七條路、湖內還是龜尾，這三多是你決定行走檳城不可逃避的現實。我的表哥在吉隆坡開的士闖蕩江湖數十年，每一次回來檳城，總是將車子交給土生土長的侄兒駕駛，因為這三多「就在你身邊橫衝直闖，亂無章法」。

當然不是每一個人都有侄兒這樣的司機。如果你是那個抓駕駛盤的人，進入檳城，就必須有寬大的胸襟，不要和一些人與車子搶道路。其實，他們都是有章法的，只是因為要和生活競走，無形中就自成一套。能夠坐在汽車內，已經舒服太多了。又何必計較呢？如果哪一天，我在阿依淡路上受到那凶神惡煞的挑戰，激發起怕輸的心理，和他一路競走下去，老骨頭早就給他拆散了。

四、培養耐心，不要急躁

進入檳島，很多時候車子得走單行道，像游樂場上開跑車團團轉。愛開玩笑的朋友說，檳城的單行道只是把堵車的車龍拉長。有些人則感到很激怒，一路大發脾氣。其實，如果不是讓車子不停地轉，我們哪會多花一點時間看看檳城各處的風景呢？我最近在市中心都是單行道的牽引下，無意中發覺，幾年不見，慈濟功德會已經在檳城落了腳，而且擁有一座宏偉的道場，矗立在大道旁。早年的德教會已經重建，如今更加壯麗堂皇。在中央醫院化驗室背後，還有擎天大樹和深邃的庭院。

如果你沒有怕輸的心態，又懂得裝聾作啞，而且常懷怕死心態，見機行事，收放自如，恭喜你，檳城的交通已經不是你的難題。進入檳城，跟著單行道轉圈圈是不可避免的。既然如此，就以平常心接受吧。培養耐心，不要激氣，跟著它走，跟著它走，你將會發覺，檳城無處不有美麗的人文景觀。東方花園雖然老了，她還有許多迷人的地方。

鴿子，無視人淡漠

轉眼非典已經成為歷史，時光真的是一帖良藥。依稀記得，非典疫情肆虐期間，島國的人民成為驚弓之鳥。報紙上上看見新加坡人把貓當成年底送走的地主牌一般胡亂丟棄，不禁也為貓感到一點心酸。山豬被確定是病疫的傳播者，在執法如山的島國，馬上誅連九族，連家豬也沒有立足之地，真是可憐。

非典災情嚴重，先是貓受到株連。很不幸的，在遙遠的美國，又發生史無前例的猴天花。科學家很快就確定是寵物鼠惹的禍。有些國家已經開始追殺寵物鼠。幸好馬國一向寬容對待難民，何況小小的猴子與鼠輩？他們在馬國暫時還算安全的。

貓、猴子、寵物鼠，忽然間被懷疑為帶毒的媒介，成為人類追剿的對象。而這些都是我們成長的那個貧窮年代最佳的玩伴。不禁要省問自己，當年是如何存活下來的？搞不好，他們已經在我身上留下劇毒，使自己成為毒體，百毒不侵。

如果貓、猴子、寵物鼠，還有其他一些將會被宣判死刑的寵物都被剿光了，這個世界沒有了種種各類的寵物，少年時期要怎麼度過呢？我猜這大概是電腦商家的陰謀，到時候，只好在網絡上玩假貓假猴子假寵物鼠了。

我現在雖然已經度過養貓的階段，但是對於貓曾經陪伴我的青澀歲月始終不能忘懷。我們家養過好幾隻貓，他們和人一樣，都各有個性，但是卻有一個共同點，喜歡在熄火的灶面睡懶覺。不明究理的人會以為，他們都是懶惰的貓，其實不然。他們顯然是在養精聚銳，等待一剎那的樸殺，完全不讓老鼠有活命的機會。

對於老鼠，貓的確是無比的凶殘。他們本來是井水不犯河水，可以各自為政，各守各疆土。但是貓對老鼠就是深惡痛絕，這真是奇怪的事。而且，他那邊廂剛剛血淋淋吃下半截鼠身，這邊廂又會在你腳邊廝磨，無限溫柔。轉變之快，令人瞠目。

柔膩多情，一向是貓的特性。我在參加中五考試時，深夜讀書，除了寂靜，就是眼前的獵胸腔鼓鼓的聲音。它每一個夜晚都那麼溫順地伏在書桌的一角，陪伴我進入深宵。那年正好是母親去世一年餘，不知它是貓還是母親。然而貓的極度柔情，並不只歸屬一個人，千萬不可以自作多情。我年少時候搬家，因為不能將一頭貓帶走而傷心欲絕。後來再回去老家，看見貓安然無恙，感到非常高興。但是這時候，他已經躺在新主人的懷中，只瞇起眼睛，懶洋洋地望了我一眼。深情又可以無情，幸好我在那一年從貓的身上認識了一個大概。

我在兒時一直想要耍耍猴子，但是終於沒有養成，最主要的原因是父母害怕猴子傳染疾病。也許完全沒有科學根據，但是在我們鄉下，就見過一些罹患某種病毒的小孩，舉止行為和猴子沒有兩樣。這種駭人的病毒，甚至使到家長避諱提起猴子這個名詞。哪還有養猴子的機會呢？但是猴子畢竟是聰明絕頂的。據說，在森林裡，每一隻雄壯的猴子都有三妻四妾，而且他們和政客一樣，都有個別的地盤。有一位朋友的榴槤園常常受到猴子的騷擾，他怒火中燒，舉搶射殺一隻猴子，剝了皮將他懸掛在樹上，猴子從此銷聲匿跡，不來觀光。除了馬戲團敲鑼打鼓的小猴子外，那一隻一竄就到樹梢採椰青的猴子才是我心頭的最愛，但是這一切都隨著歲月的流逝而不再牽動我心。

人類由猿猴進化，為什麼又留下了猿猴呢？一個聰明的學生回答：很簡單，因為要以猿猴代替人類朝廷無數次的致命實驗。人在猴子身上施以各種各樣的酷刑，美其名是為了人類的未來。偶然猴子也回報了一二個手勢，人類就因此亂了陣腳。愛滋病據說是猴子傳給人類，到今天已經不可收拾。猴痘（猴天花）剛剛在美國開始，到底會如何肆虐全球？還是一個未知數。

小時候斷斷續續養過一些小動物，雖然是養一隻少一隻，越養越少，不管是貓狗還是飛鳥遊魚，都給我寂寞的歲月帶來很大的滿足感。不過環繞人家庭院翩翩飛舞的鴿子，卻令我感到無比的沮喪。

在六〇年代，鴿子是最受寵愛的和平象徵。翻閱畫報，時常可以看見歐美的廣場上，成群的鴿子啄食陌生人手掌心的穀糧。在戰火因為歐美國家的野心而四處燃燒的年代，這種畫面是多麼的祥和，誘人。

我至今不明白，所有的鳥都可以養在鳥籠，為什麼鴿子有個例外，必須讓它居住天空中不設門檻的鴿子籠。它那自由的形象，簡直是因為人類給予的恩寵塑造而成，抹黑了不少其他鳥類。不管怎樣，為了豢養鴿子，我也只好在屋子的後院，用木柱撐起一層離開地面十尺的鴿子籠。但是，很不幸的，小舅父送我的一對鴿子，只在寒舍住上一天，就投奔自由，跟隨鄰家的鴿子群了。

我後來明察暗訪，終於獲得一道秘方。一位萬事通的朋友責備我：「你怎麼這樣笨！養鴿子嘛，最重要的是給它浸過鹽水的綠豆，保證永遠不會離開你。」如法泡製，鄰家鴿子果然成群飛來。如此高興了一陣子，媽媽有一天說：「鴿子吃了就飛走，還不是一樣不屬於你？」

屬於我的當然有，就是在地面上的鴿子糞便。不過，那時候還好，鴿子的糞便能夠傳染致命的腦膜炎的理論還沒有研發，每天早上清洗地面的工作，都很坦然，沒有忌諱。我最近到女兒的住宅小住，看見站在陽臺上咕咕叫響的鴿子，不禁大吃一驚。慌忙舉起掃帚將它驅逐。和當年渴望鴿子常駐我家的心願相比，想來都不敢置信。

看起來，寵物的黑暗時期已經開始，有一些貓和寵物鼠和一些可憐的小動物將會被人道消滅。但是卻也不必過慮，在人類善忘的經驗中，他們肯定會留存下來，而且世世代代在這個地球壯大。鴿子就是一個例子，二十多年前剛開始說鴿子糞會傳染腦膜炎，不少人都提心吊膽，聞糞色變。但是，漸漸地，鴿子還是站在屋脊上睥睨群倫，或者在觀音亭前遊戲人間。

處處有生意

在承德避暑山莊等著入門，碰見來自馬六甲的教育官員哈山。好奇地問他：「好玩嗎？」他豎起了大拇指：「五星級的招待。」「買了東西嗎？」哈山點點頭：「中國人很會做生意，怎麼會不買呢？」他的話才說完，已經有三個小女孩和一位婦人提了小工藝品跑過來。

初臨天安門廣場，微微的風在吹拂，抬頭望，天邊有不少風箏在翱翔。那景象就如當年在臺北中山公園那樣令人陶醉。稍微躑躅，馬上有四五位婦女、老人圍上來：「三個十元（五令吉）！」我說：「四個！」他們還是同樣一句：「三個！」咦，他們都很有道義，口徑一樣呀。我掏了十元，很高興地提在手上。再往前走約二十步。又有另一批人馬緊貼身邊輕輕地說：「五個十元！先生！五個十元。」

很多人說，到中國買東西常常受騙。問明白，原來有一些和我的遭遇一樣，都是買了東西以後才發現原來是買貴了。其實，這哪裡是欺騙呢？在中國買東西本來就像在茨廠街購物，全看個人的修為。有的人功夫深，自然檢到便宜貨。初入道的，就花一點錢買經驗吧。

有一天我們在秀水街看領帶，每條一百八十元（九十令吉）。我正要出半價，身邊的女人因為出入中國幾次，學到了竅門。她喝一聲：「Gila！」就徑自開了一個價碼。我一聽，馬上遠遠躲開，深怕被打。哪知道，一會兒她就提了十五條領帶回來，每條只要五元。討價還價畢竟是女人的天分。我們做男人的，已經被超市的不二價碼寵壞了，還是靠邊站吧。

不過，出門在外，受騙的例子還是偶有發生。好朋友鄭夫婦到廣州旅遊，三天有四回給安排參觀當地的手工藝品、果脯店、玉石行。最後一天蒞訪一家中藥行，整團十五人馬上給迎入貴賓廂。負責人捉起一隻公雞，叭的一聲，雞腳立刻折斷。示範人不慌不忙，倒了一把藥包紮手中搖擺的雞腳。在等候公雞複原的當兒，示範人很熱情招待，介紹駐店中醫師替來賓把脈。老鄭盛情難卻，也坐下來問醫。人一來到六十大關，眼花、頭暈，關節痛誰沒有呢？中醫師醫術非常好，馬上開藥方捉藥，幾百元強迫中獎似的交給老鄭。老鄭離開藥行才恍然大悟，原本是來看公雞的跌打藥的，為什麼變成自己手上捉了一把呢？

見識過中國企業人員的示範工作，大家都有很深的感觸，在中國做生意，是拚著生命來幹的。也許，就這一種精神讓先進國家如美國和日本顫抖吧。老鄭參觀的藥行還好，只叫公雞吃苦。我們給帶入一家售賣燙傷藥的企業，還是真人表演呢！也是一樣被貴賓招待，當大家各就各位，美麗驕柔的示範員將報紙在燒得通紅的鐵棍子抹了一下，當然，那紙張即刻燃燒起來。「待會兒我就要捉住這火熱的棍子，你說怎麼辦呢？」多麼嬌滴滴的聲音呀！我們都異口同聲說：「不要！不要！」小姐還是堅持：「沒關係，抹一抹我們公司出品的燙傷藥就好啦。」我們還是叫：「不要！不要！」大大表現馬來西亞的惻隱之心，沒辱國體。

當然，小姐最後接受我們的懇求，沒有示範玉手捉紅鐵棍。同行的團員也紛紛購買兩百五十元（一百二十五令吉）一罐的良藥。回來吉隆坡，有一位朋友說，她們那一團可沒像我們懂得憐香惜玉，不但看了表演，而且一罐也沒有買，拍拍屁股就一走了之。帶團的地陪頗不高興，在巴士上電話聯絡有關的店家。車子走了一段路又兜回頭，兩罐燙傷藥只收兩百五十元。

到中國旅行的朋友都深切體會到我們龍的傳人真是愛做生意的民族。每一個景點，都有男女老少手提各類產品向遊客兜售，拚搏的精神讓人肅然起敬。遊北京胡同的起點，就有幾位婦女向我們兜售小背包。我們拒絕了，上了三輪車。車子一路走，婦女們也騎上腳車一路跟。下了車子，雖然生意做不成，她們也沒有惡言相向，真是有文化水平。

中國真是一個奇異的地方。有些國家人口才幾百萬，卻餓殍遍野。中國的人口有十三億。但是每一個地方都有價廉物美的東西可以兜售。為什麼？我想追根究柢，還是因為這裡的人民比世界上任何地方的人民更勤奮、堅韌。再加上歷史湮遠流長，老百姓累積下來的智慧是一個用之不竭的寶庫，使到這裡可以生產千奇百怪的精致用品，差不多每一個遊客都有東西可以帶回家當紀念。

北京除了聞名遐邇的萬裡長城，另外還有一座地下長城。原來當年蘇聯共產黨和中國決裂，中國的領導人擔心事態演變惡化，用心十年，在北京城下挖掘隧道，以防蘇聯原子彈轟炸。地下長城，里數比萬里長城還要長。我們跟在地陪的背後，小心翼翼地走過濕漉漉的地面，懷著同仇敵愾的心情向幽黯的前方前進。走呀走，走呀走，還不到十分鐘，忽然眼前豁然一亮，燈光輝煌處，卻是北京地下城商品中心。原來地陪是要向我們介紹神奇的防潮蠶絲被單。我百無聊賴，在商品中心漫步。忽然又見到哈山老鄉。

「咦，你也來了？」他問。

大年初一，二三心事

和往年一樣，大年初一的早晨，一家四口到椰腳街的廣福宮觀音亭上了一束香。感謝菩薩保佑，這一年來過得像平靜的湖面，只有漣漪沒有波濤，一切安祥順遂。妻女都在身邊，人生的要求還有比這更大的嗎？

歲月不饒人，轉眼間知天命已過三載。在薰煙繚繞的大殿內，眼淚不自覺地淌流下來。生命來到這個階段，前面還有多長的路可以走呢？只有菩薩知道。有一位就要退休的朋友無限徬徨，不知道如何繼續下面的日子。一位早已經退休三年的朋友卻興致勃勃，像戎馬倥傯的將軍，數度出入關外，樂不思蜀。日子每一個人都在過，但是每一個人的都不相同。只要眼睛能夠張開，總是要規劃未來。

離開熙攘的觀音亭，街上還算相當寧靜。這時候，歷年來的日程都是先到二叔家拜年。二叔今年六十五歲，體能漸走下坡。前一陣子，二叔的眼睛動了手術，一邊的視覺還算差強人意，勉強可以看見朦朧的人生。早一年在工地上摔下來，幸好老天保佑，只是嚇出一身冷汗，沒有嚇壞身子。比較不幸的是幾年前堂弟觸電身亡，全家陷入無限的哀傷。但是，二叔畢竟是堅強的人，已經從痛苦中走了出來。人生多折磨，我們在二叔身上常常看見數不盡的無奈，相對的更覺得平安就是福氣。

二叔一向是我們所景仰的長輩。他雖然沒有受過正統的訓練，但是老板下標的大工程，即使以百萬令吉計，都是由他統計下斷。他一向清廉，不受賄賂，退休至今猶租賃每月三百五十令吉的老屋，深得老板的尊重。自從新首相上任，舉國上下都期待他在肅貪方面有積極的成效。賄賂差不多已是人民生活的一部分，要鏟除它是多麼艱巨的任務！人人都能夠像二叔那樣甘於淡薄嗎？

寒喧中，三姑媽家的大表哥也來拜年。大表哥在我們的眼中一向神通廣大，一年總有幾個月跑外地，因為他有好幾十輛神手在幫忙政府擴建道路。據說，鋪設道路有很高的報酬。我看大表哥的生活，離開對的應該不會很遠。不過，去年初開始，大表哥已經縮小他的生意。為什麼？表哥感歎，要收賬必須過關斬將，越來越難。新首相不是說過，財政部必須一個月內會賬嗎？大表哥意義深遠地微笑，不說什麼。

大表哥目前做什麼？我們都很好奇。原來他自組一個人頭公司，專門提供人力給檳城巴六拜的電子工廠。他手下有七百多名電子女工，只要任何工廠人手短缺，他都可以盡快填補空缺。每一名員工一天工作十二小時，廠方付表哥七十五令吉，而員工從大表哥手拿的是四十五令吉。這樣的安排，廠方也很高興。因為可以不愁生產中斷。大表哥說，我們的經濟最近有漸漸好轉的跡象。科技界彌勒佛溫世仁去世前是檳城電子公司的股東之一。雖然它在天津建設一座比檳城大一倍的工廠，生產線北移；不過檳城的工廠似乎將會是行政與出口中心，不會被天津取代。我們聽了都鬆了一口氣，再替大表哥算一算，原來他的入息還挺可怕，但是他很淡定：「這錢也不好賺。我甚至必須深入玻璃市的甘榜招兵買馬呢！」

說話間，又來了一位前額的頭髮黃了一綏的外甥。到底他是哪一房的孩子？這孩子，一臉彪悍，但是卻禮貌十足，見人就打招呼，心頭的輕蔑就消了一半。詢問他在哪裡工作，他的答案讓我嚇了一跳：「在日本殺車！」我再追問。原來日本的車子一般只用五年就報銷了。這些蠻新的車子給送入工廠後就一件一件的被肢解，引擎歸引擎，車門歸車門。我的外甥就代表本地的公司，到日本專門收購給肢解後的舊車輪胎。每條輪胎人工加運輸，成本不及十二令吉，帶回來，可以賣到五十到八十令吉之間。他一次貨櫃進來就是一千八百條，可以賺七八萬令吉。我看他數黑鴉鴉的輪胎就像數家珍一般認真，對他開始進來時的惡感剎那間已經完全消失。我愉快地問：「這一簇黃頭髮，和輪胎有關係嗎？」小子靦腆地說：「輪胎是黑色的，你說呢？」

這時候，他忽然站起來對外面叫了一聲：「民哥。」原來是三表哥的孩子也來了。這年輕人生得矮胖，但是為人機靈，一向走在時代的前哨。當綠藻還沒有像今天那樣如火如荼的展開戰略時，他已經開始向親朋戚友努力推薦。後來轉向人體按摩器的銷售工作，也讓他賺得開心。「這一次，你又有什麼好東西呢？」果然，他從車上拿了一張說明書給我，是介紹分解食水的能量器。根據他的說法，只要將這件東西丟進食水中，它就可以將容器內的水份解到最微小的顆粒，讓人體更容易吸收，細胞永遠不會有失水的狀態，人就可以更加健康了。

這時候話鋒一轉，忽然提起四舅父的孩子，克文表弟。今年怎麼沒有看見他呢？原來，他已經娶了上海小姐，今年全家在上海過春節。克文讀書聰穎，在本地大學的電子工程畢業後，給美國公司派去亞利桑那訓練一個時期，就被派赴上海的科研部門。聽說他表現特出，公司非常器重。如今娶了上海小姐，遲早又是楚材晉用的另一個例子。新科技，新中國。潮流是那麼磅礴地向那一個方向流去，是沒有辦法拂逆的。

華人春節，男女老幼不管多麼遙遠都會回鄉團聚。在剝花生吃糕餅的閒談間，發現每一個人帶回來的都是不同的資訊，反映我們的國家經濟是越來越多元化了。在瞬息萬變的時代，我們都做好準備了嗎？我看幾位年輕的親戚都能夠很準確地切入他們的工作崗位，不免感到欣喜。在這樣急劇轉變的時刻，難免又想起老師的角色。老師日復一日，站在課堂上做定點的工作，當然沒有像其他行業看起來多姿彩。重要的事實是，沒有一個社會或者國家的巨變是可以在沒有老師的教誨之下進行的。社會人士尊重與否，是價值觀的差距，沒有必要無端氣餒；如果老師因此迷失自己，忘記樹人需要百年，那不是很可惜嗎？

浪花千朵不及文學璀璨——側記第十三屆世界華文文學國際學術研討會

九月十八日的深夜，年紅、溫任平、何乃健、李錦宗、陳應德、林仁英、張永修、林春美、謝川成、朵拉與我，一行十一人，直飛北京再轉程往威海，參加「第十三屆世界華文文學國際學術研討會」。

九一八，這是一個多麼令人心痛的日子。雖然我不是那個年代誕生，也不是東北老鄉，每當唱起「我的家，在東北松花江上……」總有難以抑制的激情洶湧，不知道為什麼。在這一個極具意義的日子，我們就要飛去更接近松花江的威海市開會了，我的心別有一種微妙的感受。

抵達北京當天下午，我們會合馬華作協會長戴小華，專程到中國作家協會拜訪，受到鄧友梅、陳立鋼、葉延賓、李小燕及白苗等作家的熱情接待。鄧先生雖然已經七十多歲，但是聲音宏亮，記憶力特好。他一眼就認出朵拉，馬上熱情的招呼。我們和幾位在座的作家做了一些交流。看起來，中國雖然是一個大國，但是卻很注意海外的華文文學動態。席上，陳應德博士提出中國是泱泱大國，可以為印尼、越南、柬埔寨等弱勢華裔作家出版文學專集。他還舉例，給已經去世的印尼作家柔密歐・鄭出版詩集。溫任平也談到馬華文壇前些年斷奶問題的論爭。

中國作家們婉轉的告訴我們，近年來政府采取文學雜誌自負虧盈的政策，許多雜誌的銷路都不樂觀。受商品衝擊的現代中國，之前備受保護的文學肯定要面對嚴峻的考驗。儘管如此，在文明的古國，文學還是有崇高的地位。當地的一篇散文可以一稿投二三省，而且，一篇可以收稿費三五百人民幣！更令我們驚訝的是，只要有十首詩在詩人葉延賓主編的《詩刊》雜誌上發表，就有機會升任副教授！文學的力量是何等巨大呀。

鄧先生過後帶我們離開了樓高七、八層的作家協會大廈，跨過馬路到大江南酒家就餐。酒酣耳熱，飯後閒聊，也聽見一些文壇鮮事。看起來我們兩地的距離並不是很遙遠。當地的文壇糗事，我們都聽得津津有味；糗事中的作家，我們也都耳熟能詳。原來作家和影迷一樣，都是愛八卦的。感謝現代電子媒體，作家的花邊新聞和歌星的一樣，可以迅速傳達四方。

九月二十日凌晨，我們乘搭東方航空抵達青島。青島最著名的物產是啤酒和海爾電器。她三面向海，有很美麗潔淨的海灣。堤岸前面是寬闊的五四廣場。廣場中央有紅色的雕塑，一圈一圈若龍捲風盤旋而上，共有十八層，象徵十八年的改革開放。雕塑的名字是「五月的風」，以紀念從這裡開始的五四運動。不遠處，我們可以看見重型機器正在挖深港灣，原來他們正在進行建設二〇〇八年奧運會帆船賽場的工作，一共將耗資一百八十億人民幣。

離開青島，我們的巴士經過嶗山（蒲松齡在此寫過七篇小說，包括膾炙人口的〈嶗山道士〉），向東北一口氣走了兩百九十公里，總算抵達舉辦「第十三屆世界華文文學國際學術研討會」的城市，威海。中國實在太大了，許多人對威海毫無認識，也不知道她對面的劉公島，就是清朝末年北洋水師提督的基地，也是中國人最沉痛的甲午海戰場。歷史已經成為過去，前事不忘，後世之師。威海如今是一個規劃得很好的現代城市，市容整齊，海岸線長，人潮與車流都很順暢。第一眼就給人很好的印象。原來她近年還給聯合國評定為世界上一百個最適合人居住的城市呢！

「第十三屆世界華文文學國際學術研討會」是在九月二十二日開始舉行。馬華作家協會趁這個難得的機會，預先在九月二十一日當天舉辦「第二屆馬華文學國際研討會」。會場在瀕海的山東大學國際會議中心。這是一座設備完善非常現代化的建築，顯示中國在各方面已經迅速與國際接軌。工作人員告訴我，不久前朝鮮、韓國、日本、俄國及中國五國首長還在這裡開會呢。會議室的落地窗外，黃海的海浪一層一層的捲過來，拍擊成千萬重極為美麗的浪花。與會的作家們都為這磅礴氣勢所震撼。工作人員說，真奇怪，往日都是風平浪靜的呀。這幾天怎麼會有這樣的畫面呢？

「第二屆馬華文學國際研討會」發表的論文有二十六篇。主持人是楊匡漢。宣讀論文的作家包括黃萬華、陳鵬祥、溫任平、朱立立、林春美、張發、蕭成、許文榮、朱雙一、謝川成、古遠清、戴冠青、宋瑜、高鴻、朱崇科等人。雖然出席者只有數十人，卻可以看出中國方面對馬華文學的關懷。他們的許多大學，都有海外華文文學研究所，專門研究馬華文學的大有人在。在這樣的國際場所，讓人覺得馬華作家更應該團結一致，自強不息。只有狂妄的人，才時常撕裂自家人的顏面吧。

九月二十二日，「第十三屆世界華文文學國際學術研討會」正式開幕。與會者來自五湖四海，約有三百人。研討會由九月二十二日開始，一共進行三天，節目非常緊湊。三天內進行的主題演講、大會報告、交流及座談，一共動用了九十多位著名的作家與學者，如葉維廉、劉登翰、陳思和、張錯、趙毅衡、虹影、陳鵬翔、王性初、林婷婷、田新彬、嚴歌苓、余玉書、陶然、林忠民等等，令人側目。代表馬來西亞提論文的有林春美及張永修的《從動地吟看馬華詩人的身份認同》、戴小華的《從馬華文學大系（1965-1996）看馬華文學》以及參與《華文文學中的身份書寫》討論會的許文榮。從臺灣飛過去參加「華文文學史（文體、國別、地區）及其敘事策略」討論會的，是居林覺民中學校友陳鵬翔教授。

出席這樣的國際會議，固然可以增加個人的知識，更高興的還是能夠見到多年不見的好友。我們生長在e-mail的時代，文字照片都可以在彈指間傳遞千里之外，了卻杜甫李白般的懸念。但是相見時握手的暖流，那才教人刻骨銘心。這一次最令我感動的是，在會議大廳看見陳雪風兄。他目前是武漢大學的訪問學者，知道我們要來，坐了二十多小時的火車，老骨頭差一點沒有給拆散。幸好他老當益壯，沒事。

第二天清晨六點五十分到堤岸邊跑步，陽光已經像我們的七點半。海水出奇的湛藍。堤岸上有七八位老人家正在抹乾身體，原來他們已經游泳完畢。岸上的一輛轎車旁，一位四十左右的婦人套上花布斗篷，從容的更換她的泳衣。再繼續走下去，有三三兩兩的老人家在練習太極拳。不遠處，一位老人家將釣竿往上一抖，只見線的末端有一條小黃魚在拚命掙扎。我忽然想起，整個旅程沒有一個人談起前幾天是九一八。遠了，歷史。如此寧靜的海灣，如此寫意的生活，路還是要向前走的吧。

到中國旅行的朋友常常說，中國進步很多了。我想，我們已經漸漸失去敘述這句評語的優越感了。是的，我們本來是比中國富足的。但是，經過近三十年的拚搏，中國許多方面已經超越我們。照今日的安穩發展，未來二十年，中國必將是世界的中心，文學的、科學的、藝術的、人文的。配合中國的經濟發展勢頭，世界各地將會有越來越多人學習華文。連帶的華文文學也會受到關注。但是，焦點還是中國。我們？突顯邊沿角色之外，就一年一次，和老朋友見見面吧。

歡樂的土堆

金寶的抗日戰壕最近被人挖掘，面目全非，霹靂州歷史學家蔡貴隆大呼惋惜。本來在原有的地點有個計劃，要建立博物館保存戰壕，紀念那一段滄桑歲月，如今一切都成為泡影。可見得人文的精神比科技的興趣還需要更長的時間培養。

我未曾參觀金寶戰壕，不知是何模樣，如今已經不複存在，真是可惜。四十多年前，我家附近的膠林間倒是匍匐著七、八座馬蹄形土堆，和我快樂的童年有著分不開的關係。那時候的土堆高不可攀，現在回想，大概不過八至十尺吧。老一輩的居民都說是當年英軍抵抗日軍的戰壕。最有力的證明是黑夜時分可以隱約聽見哭泣的聲音，是軍隊互相殘殺的冤魂在哭訴。最近回去鄉下探訪記載我最初的記憶的房子，切實體驗到有很多童年的事物，透過厚積的歲月回頭看，的確是會放大，並且失去真實感。雖然如此，關於土堆的記憶還是頗為真切的。

每年十一月開始，膠樹葉子轉黃變紅，東北風刮起，黃葉飛舞，在地面累積成厚實的軟墊，正是孩子們堆積樹葉成為圍牆打游擊戰的好時光。這種攻防戰火，一般上都不會在攻克並且踐踏敵人的圍城後得意結束。更大的挑戰還是到馬蹄形土堆內外一決勝負。當然，好像我這樣只會讀書的孩子，有機會跟在朋友們的背後吶喊，也一樣熱汗淋漓，心滿意足。為什麼要打肉搏戰？如今想起來，人類畢竟是具備了好勇鬥狠的天性。不必人家教導，自然有一股強烈戰鬥的幹勁。

在那個物資貧乏的時代，孩子們都必須就地取材，製造屬於自己的玩具。高聳的土堆還有一個好玩的用途，那就是扮演溜滑梯的角色。只要在檳榔樹下找到剛剛剝落的葉子，就是一片很好的滑板。人爬上土堆最高點，坐上新鮮的檳榔葉，緊緊抓住葉梗，讓它自動滑下來，是很刺激的活動。當時沒有過山車Roller Coaster這種玩意兒，坐檳榔葉是天下最開心的事了。

究竟馬蹄形土堆是如何形成的呢？這個問題一直困擾著我。其實當我們在膠林間互相扭打，離開二戰結束也不過十五六年，是何其短暫，許多記憶應該還很清楚，不知道為什麼大人們都說不上一個所以然。是資訊不發達，還是鄉下人淳樸無知呢？我後來到居林念中學，巴士沿途經過巴東督力、魯乃及老火較市郊，橡膠樹林間也疏疏落落矗立著類似的土堆。如果說土堆是英軍紮營的地點，也不無道理。英軍當年也是有心抵禦抗侮，無奈養尊處優的少爺軍，終究敵不過野心萬丈、夙夜磨煉的日本蝗軍。

這些年，馬蹄形的土堆逐漸被鏟平，周遭的橡膠林也逃不過時代的命運，不是被砍伐翻種棕櫚，就是被灌注鋼骨水泥，蓋房子容納逐日增加的人口。極目所及，我鄉下當年所有歡樂的土堆已經被鱗次櫛比的房屋取代。土堆沒有在戰火中毀滅，反而是在太平盛世的時候退讓給更強勁的發展大勢，這也是無常人生中的一項常態吧。

花城萬隆

文學花開

哈囉，哈囉，萬隆
柏里安甘的首府
哈囉，哈囉，萬隆
記憶的都城
很久沒見到你
現在已陷入火海

來吧，兄弟們

將她奪回來

一九五五年，亞非會議在印尼召開，會議地點萬隆因此成為歷史名城。由於當年出席會議的中國總理周恩來差一點給暗算，萬隆的亞非會議更添加幾許神秘色彩。一九五六年，許多充滿理想的青年士氣高昂，五湖四海匯集在萬隆，〈哈囉，哈囉，萬隆〉的雄壯歌聲立刻在萬隆清麗的空中飄揚。

今年是萬隆建市一百九十四年。一九四一年，日軍侵占印尼之前，萬隆與其他印尼的土地一樣，受荷蘭人的殖民統治。日軍占領印尼的三年期間，荷蘭軍卻潰敗逃走，留下革命軍與日軍抗戰。日軍剛投降，印尼在蘇卡諾與哈達的領導下，馬上於一九四五年八月十七日宣布獨立。荷蘭人想捲土重來，聯合英軍進兵萬隆。革命軍為了阻攔荷蘭軍的攻勢，采取類似焦土策略，燃燒市內的建築物，萬隆陷入一片火海，革命軍開始了游擊戰。一九四九年，荷蘭人在聯合國與美國的干涉下，只好承認印尼是一個獨立的共和國。〈哈囉，哈囉，萬隆〉就是當年的革命歌曲。

第五屆世界華文微型小說研討會議及第九屆亞細安華文文藝營兩項國際會議，同時於二〇〇四年十二月四日至八日在萬隆隆重召開。來自印尼、泰國、新加坡、菲律賓、汶萊、馬來西亞、中國、臺灣、德國、澳州、紐西蘭、日本、韓國等國家兩百多名作家與文化人熱烈齊集萬隆。選擇萬隆，不在雅加達，意義深遠。

蘇哈多於一九六五年推翻蘇卡諾後，即禁止教導閱讀傳授華文華語。至一九九七年蘇哈多被水深火熱中的人民拉下臺，前後三十二年印尼華裔完全沒有正式的機會學習華文。出乎意料之外，這一次我們抵達萬隆，所受到的歡迎，真是盛況空前。會議期間，當地的印度尼西亞商報（隸屬南洋報業集團）、世界日報、國際日報、印度尼西亞日報等報刊都以顯著的版面報導會議的過程。讓我覺得，這兩個會議，在某種意義上，簡直可以媲美五十年前的亞非會議，是印華納入世界華文大家庭的重要起點。

印尼的華裔長輩如印尼作協顧問林萬裡、主席袁霓、老兵、心躍、李順南等人，經過了許多的苦難，始終沒有放棄對母語的堅持，真令人肅然起敬。文友告訴我，籌備會議時，他們的朋友都非常興奮，爭先恐後，出錢出力。其中一位印尼萬隆福州同鄉基金會總務部主任陳柏威說，能夠做什麼就做，只要能夠爭取到機會讓我的子孫說華語看華文就很開心了。另外一位女作家冰湖，全程陪我們從雅加達到萬隆前後六天，非常誠懇的說，有這樣的機會參加，高興都來不及，哪裡會累呢。

印尼三十二年的華文真空，究竟造成怎樣的局面呢？第一，許多參與的文友全在五十歲以上，上了年紀了。斷層現象急需補救。第二，當地華裔都說得一口非常流利的印尼話，而且和原住民們有很濃厚的友誼。當天晚上的歡迎會，有兩個節目令我留下很深刻的印象。其中一項是顏小姐表演的異他舞蹈，婀娜多姿，曼妙優雅，完全像異他人的演出。更令我訝異的是當晚來了好幾位原住民的文藝青年、印尼報與電臺記者。他們跑上跑下，忙於攝錄晚會的演出。而且，主辦單位還安排了由當地著名的民歌創作人費禮・克迪（Ferry Curtis）領導的六人合唱團上臺演唱兩首歌曲。我當時正在與另一位年輕作者厄萬・朱哈拉（Erwan Juhara）交換意見，他忽然對我說：「聽，這是費禮・克迪為Pak Soeria（印尼知名華裔作家心羅）譜的曲。」他的語氣對心羅兄極具尊敬。當晚心羅兄上臺致詞，說的是非常悅耳動聽的印尼語。

當年失去華文教育的確是一種缺憾。但是這些苦難已經不復存在了。至少，我從當地文友的談話中可以很深切的感受到他們的寬慰與信心。敘別的晚會上，有一位年輕的小姐上臺以華語朗誦詩歌。她是當地一家華語補習班的學生。目前，印尼還沒有華校，一般都以補習班的名稱教導華語。我後來在雅加達購物中心的書店，看見正在播放的初級華語課本，為數還不少。好朋友文慶在雅加達的孩子要上華語課，也很輕易地在新加坡華商開辦的培民國際學校（Bina Bangsa School）找到。

萬隆位處高原上的盆地，氣候清爽，是當年荷蘭人在印尼刻意經營的花園城市。市中心繞一圈，果然可以見到花木扶疏、綠意盎然。只可惜印尼一直擺不掉貪官污吏的侵蝕，曾經輝煌的南區市容已經老舊黯淡。尤其是在夜晚步行，街燈昏黃，無形中增加旅客的不安全感。儘管如此，當地華裔日子還是過得頗好的。最讓他們欣慰的是，過去的暴亂，萬隆並沒有波及。文友們都說，這是因為平日和原住民與官方有密切的聯繫及溝通。這一點很值得我們深思。

叫老翁太沉重

在天安門廣場看小孩們放風箏，非常入迷。賣風箏的婦人忽然走過來問：「老先生，買一只吧？」我向後望，沒見任何人。原來老先生就是我。

前年（至今難忘！）安順有一則新聞：「昨日，一位五十一歲的老翁出海捕魚，不幸被海上躍起的飛魚刺中胸口，當場死亡。」我來回讀了幾遍，越讀越難受。

談起老，有一位中年女性文友更加沮喪，因為她在前一天才看到這樣的新聞：「五十歲的老嫗因為貪小便宜，受蜈蚣石的迷惑，損失一萬令吉。」

進入五十歲以後，只要讀報，就難免會有這樣的挫折感。五十一歲的漁夫年紀很大嗎？為什麼要尊稱他是「老翁」呢？對於風華正茂的五十歲現代女性，記者先生小姐為何斗膽如此冒犯？

「老」也許是一種尊敬，卻也同時代表走向腐朽與沒落，在將老未老的尷尬年齡層，「老」是多麼的刺耳。好像我這樣，眉粗又白，又牛山濯濯，活該受落為老先生之外，其他頭髮黑、厚、亮的五十以上「老翁」與「老嫗」仔細研究一番之後，除了自認有資格收受年輕的記者先生小姐做乾兒女之外，還是感到憤憤不平。雖然已經超出五十歲，參與「抗老圓桌會議」的先生女士，都堅決拒絕「老」的稱號。這真是奇怪的事。十五六歲時，拒絕延續被稱呼小孩；五十以後又不肯太早被「老」化。

人間不如意的事，真是何其多！馬國有不少政黨和社團的青年團，最高年齡還是五十歲。如果以前面二位記者的寫法，前一年還是青年團的五十歲團長，第二年就成為老翁。想想，搞政治，要付出的代價的確是很慘的。

世界上有太多不認老的記錄了。馬國的前任首相敦馬哈迪醫生在五十六歲那年才走馬上任，從此馳騁政壇二十二年。其中既建南北大道，又矗立世界最高的雙峰塔，既規劃布特拉城市，又發展普騰賽加。退休一年還意氣風發，毫無老態，周遊列國發表抨擊強權的演說。都七十九歲了。

中國的鄧小平正式掌權時年紀已過六十五。但是他還可以幹勁十足，南下北上，東征西討，將破爛不堪的經濟整合，讓一部分人先富起來以後，漸漸擴及其他，使得整個中國進入空前的繁榮時代。他的目光是何等銳利，決策是多麼準確，絕對不是一個老翁的狀態！即使目前的胡錦濤與溫家寶，也都超出六十歲。如果五十以後是老人，那麼中國就是一個老人管理的國家。但是中國的衝勁比任何一個年輕的國家還要強悍。

到處開闢戰場的布什雖然令人厭惡，但是他的爸爸老布什在八十九歲的生日當天，還參與跳傘的活動，令人歎為觀止。「老人家」的勇氣，豈是一般五十以下的年輕人所可以比擬的呢！他這個不認老的舉動，激發了另一位「老嫗」，以九十二歲的高齡，從一萬尺的高空像天降神兵，漂亮著陸！

最近完成的馬來西亞世界太太選美賽，最能撫平五十歲女士們的挫折感。尤其是五十二歲的林媽媽以近乎完美的三圍擊敗所有的年輕太太，榮獲「最完美太太」的榮銜，更讓不少超過五十歲的女士們勇敢地挺起胸膛。無獨有偶，更早一些時候，意大利的蘇菲亞羅蘭突然出現報章，大嘴巴還是那麼性感，見證女人只要有信心，絕對可以美麗到七十。新近獲得諾貝爾文學獎的奧地利女作家，雖然正處在五十好幾的年齡，但是她對兩性的前衛見解，遠遠超越許多年輕作家。

在醫學昌明的時代，人生七十已經不是古來稀，而是稀鬆平常。五十以後，有計劃的人正處在生命最豐滿的階段，等待準確的時機爆發。一個老字又如何消受得了呢！

跋

收集在本書的六十篇短文，都是我在《南洋商報》上「半張桌面」的部分專欄文章。能夠有機會結集出版，我必須向報館編輯以及臺灣的秀威資訊致謝。七年多以來，報館編輯每兩個星期讓我在報章上天馬行空寫一些生活中的感觸，實在是工作之餘最好疏解壓力的方式。秀威的副總編輯楊宗翰盛意拳拳邀約出版此書，讓我感動，因為它畢竟寫的是遠離臺灣數千公里外的芝麻小事，沒有什麼衝擊力。

年紀越大，越覺得生活中有說不完的學問。只要分一點精神與時間，就能夠自得其樂。如果願意，也可以與人分享。我以前喜歡以小說述說胸中塊壘。後來覺得，以散文

釀文學74　PG0701

在路上，吃得輕浮

作　　者	小　黑
責任編輯	林泰宏
圖文排版	鄭佳雯
封面設計	陳佩蓉

出版策劃	釀出版
製作發行	秀威資訊科技股份有限公司 114 台北市內湖區瑞光路76巷65號1樓 電話：+886-2-2796-3638　傳真：+886-2-2796-1377 服務信箱：service@showwe.com.tw http://www.showwe.com.tw
郵政劃撥	19563868　戶名：秀威資訊科技股份有限公司
展售門市	國家書店【松江門市】 104 台北市中山區松江路209號1樓 電話：+886-2-2518-0207　傳真：+886-2-2518-0778
網路訂購	秀威網路書店：http://www.bodbooks.com.tw 國家網路書店：http://www.govbooks.com.tw
法律顧問	毛國樑　律師
總 經 銷	聯合發行股份有限公司 231新北市新店區寶橋路235巷6弄6號4F 電話：+886-2-2917-8022　傳真：+886-2-2915-6275

出版日期	2012年3月　BOD一版
定　　價	320元

國家圖書館出版品預行編目

在路上，吃得輕浮 / 小黑著. -- 一版. -- 臺
北市：釀出版, 2012.03
面； 公分. --（釀文學；PG0701）
BOD版
ISBN 978-986-6095-93-1（平裝）

855 101001025

讀者回函卡

感謝您購買本書，為提升服務品質，請填妥以下資料，將讀者回函卡直接寄回或傳真本公司，收到您的寶貴意見後，我們會收藏記錄及檢討，謝謝！如您需要了解本公司最新出版書目、購書優惠或企劃活動，歡迎您上網查詢或下載相關資料：http:// www.showwe.com.tw

您購買的書名：______________________________

出生日期：________年________月________日

學歷：□高中（含）以下　□大專　□研究所（含）以上

職業：□製造業　□金融業　□資訊業　□軍警　□傳播業　□自由業

□服務業　□公務員　□教職　□學生　□家管　□其它_____

購書地點：□網路書店　□實體書店　□書展　□郵購　□贈閱　□其他

您從何得知本書的消息？

□網路書店　□實體書店　□網路搜尋　□電子報　□書訊　□雜誌

□傳播媒體　□親友推薦　□網站推薦　□部落格　□其他________

您對本書的評價：（請填代號　1.非常滿意　2.滿意　3.尚可　4.再改進）

封面設計____　版面編排____　內容____　文／譯筆____　價格____

讀完書後您覺得：

□很有收穫　□有收穫　□收穫不多　□沒收穫

對我們的建議：______________________________

____

____

____

請貼
郵票

11466
台北市內湖區瑞光路 76 巷 65 號 1 樓

秀威資訊科技股份有限公司　　　收

BOD 數位出版事業部

....

（請沿線對折寄回，謝謝！）

姓　　名：____________________　年齡：________　性別：□女　□男

郵遞區號：□□□□□

地　　址：____

聯絡電話：（日）____________________（夜）____________________

E-mail：____